राधा, कृष्ण

और समय के पद चिन्ह

उपन्यास

डॉ. अशोक शर्मा

एम. एस सी प्रोफीशियन्सी इन फ्रेंच
पी एच. डी.(गणित)

books

Published By

Redgrab Books Pvt. Ltd.

942, Mutthiganj, Prayagraj, 211003

www.redgrabbooks.com

contact@redgrabbooks.com

Price in india :200/- INR

First published by Redgrab Books in 2023

Copyright © 2023 Redgrab Books Pvt. Ltd.

Copyright Text © 2023 Dr. Ashok Sharma

Printed and bound in India

Cover Design & Typesetting by Redgrab Books team

ISBN : 978-93-90944-87-3

The author asserts the moral right to be identified as the author of this work

This novel is a work of fiction. Names, characters, places, and incidents are the product of the author's imagination. Any resemblance to actual persons, living or dead, events, or locales is entirely coincidental.

समर्पण

जननी-स्वर्गीया सियारानी शर्मा
जनक-स्वर्गीय प्रेम शंकर शर्मा

अपनी बात

पिता भुवमन्यु व माता विजया के पुत्र महर्षि गर्ग अंगिरस गोत्र के महान ऋषि हुये हैं। ये यदुवंशियों के आचार्य थे। ये ज्योतिष के महान आचार्य थे। इनके लिखे ग्रन्थ गर्ग-संहिता में श्रीकृष्ण के चरित्र का विस्तार से वर्णन किया गया है। इस ग्रन्थ के सोलहवें अध्याय में राधा और कृष्ण के विवाह की कथा है। जिसमें उनका विवाह स्वयं ब्रह्मा जी द्वारा कराया गया है।

राधा की चर्चा पद्म-पुराण, देवी भागवत-पुराण, ब्रह्मवैवर्त-पुराण आदि पुराणों में भी है।

गर्ग-संहिता के विश्वजीत काण्ड के 49वें अध्याय में एक कथा है जिसमें राधा और कृष्ण एक सौ साल बाद सूर्य-ग्रहण के अवसर पर कुरुक्षेत्र में होने वाले एक यज्ञ में मिलते हैं।

इस ग्रन्थ में राधा और कृष्ण की लीलाओं का वर्णन है और उनके प्रेम की भी चर्चा है। अब क्या ऐसा हो सकता है कि कृष्ण के यदुवंश के कुलगुरु, कृष्ण की लीलाओं के चित्रण में किसी काल्पनिक चरित्र का वर्णन करें और फिर इसकी आवश्यकता भी क्या थी, क्योंकि कृष्ण के चरित्र में लीलाओं की कोई कमी तो थी नहीं। एक बात और ध्यान देने योग्य है कि कोई भी काल्पनिक चरित्र न इतना विस्तार पाता है और न ही इतने वर्षों तक जीवित रहता है।

श्रीकृष्ण-वल्लभा माँ राधा की कृपा के सहारे उनकी जीवन-गाथा के सम्बन्ध में जो कुछ मैं ढूँढ़ पाया हूँ उसको लेकर, मैंने इस उपन्यास की रचना की है, किन्तु कितना सफल रहा हूँ इसका निर्णय तो आप ही करेंगे, क्योंकि मैं स्वयं हूँ भी क्या, कुछ भी तो नहीं।

अशोक शर्मा

अनुक्रम

1. एक स्वप्न के मध्य

सुबह सुन्दर और सुहावनी थी। पेड़ों के पीछे से झाँकते सूर्य की रश्मियाँ धरती पर छाया और धूप का जाल सा बुन रही थीं। रात में कुछ वर्षा हुई थी और आसमान धुला-धुला सा हो रहा था। पेड़ों के पत्तों पर ठहरी पानी की छोटी-छोटी बूँदों पर पड़ती प्रकाश की किरणें रह-रहकर चमक पैदा कर रही थीं।

यह वन प्रदेश था और इसके मध्य से एक चौड़ी सी नदी भी बह रही थी, जो कहाँ से आकर कहाँ जा रही थी, पता नहीं। हर ओर वृक्षों, उन पर रहने वाली चिड़ियों, खिले हुए फूलों पर बैठी तितलियों और उनके आस-पास मँडराते भौंरों आदि के रूप में जीवन बिखरा पड़ा था। नदी के किनारे की हवा एक तो स्वयं ही शीतल होती है, फिर रात्रि में कुछ देर हुई वर्षा के कारण यहाँ हवा कुछ अधिक ही शीतल थी। इसी कारण मिट्टी से उठने वाली भीनी-भीनी गन्ध भी नित्य की अपेक्षा कुछ अधिक ही थी और फिर चारों ओर खिले फूलों की गन्ध तो थी ही। चिड़ियों का कलरव इस वातावरण में संगीत सा भर रहा था।

यहीं एक पुराने और विशाल पीपल के वृक्ष के नीचे खड़ा एक युवक बार-बार बस्ती से आने वाले रास्ते की ओर देख रहा था। अवश्य ही उसे किसी की प्रतीक्षा थी। कुछ देर बाद वह वहाँ से हट कर नदी के तट तक गया। नदी के पार के दृश्य को निहारा, फिर उसी स्थान पर वापस लौट आया। अब उसने एक पैर तिरछा रखकर वृक्ष के तने की टेक ली, कमर में खुँसी बाँसुरी निकाली, एक हाथ से सिर के बालों को थोड़ा ठीक किया और उनमें खुँसे एक मोरपंख को भी। इसके बाद उसने कुछ पलों के लिये बाँसुरी में तान भरी और फिर उसे ओंठों से हटा लिया। जी आपने ठीक पहचाना ये स्वयं कृष्ण थे। वे जिसकी प्रतीक्षा में थे वह अभी तक नहीं आया था। प्रतीक्षा लम्बी हुई जा रही थी। कृष्ण ने आँखें बन्द कर के सिर वृक्ष के तने पर टिका दिया।

कुछ पल ऐसे ही बीते थे कि किसी की आहट और हलकी सी खिलखिलाहट

का स्वर सुनायी पड़ा। उन्होंने आँखें खोल दीं। जिसके पैरों की आहट थी वह सामने खड़ा हँस रहा था। हाँ, ये राधा ही थीं।

"अरे तुम, कब आयीं?" कृष्ण ने कुछ आश्चर्य से पूछा।

"बस तुमसे थोड़ा पहले।"

"मुझसे पहले?"

"हाँ, बस थोड़ा सा।"

"क्या परिहास है? थोड़ा पहले आयीं थीं तो दिखाई क्यों नहीं पड़ी?"

"परिहास नहीं सत्य है।"

"समझा।" कृष्ण ने कहा। सच तो यह है कि राधा आयु में कृष्ण थोड़ी सी बड़ी थीं।

राधा आज बहुत अच्छी मनः स्थिति में लग रही थीं, तभी बात बात पर हँस रही थीं। राधा की बात सुनकर कृष्ण के मुख पर भी हँसी के भाव आये, किन्तु उन्होंने इसका कोई उत्तर नहीं दिया, वे चुपचाप मुरली बजाते रहे। इसी बीच काले बादलों ने आकाश पर अपनी सत्ता स्थापित कर ली थी। पूरा आसमान काला हो उठा था और धीरे-धीरे चलने वाली हवा बहुत तेज हो उठी थी।

"कृष्ण देखो तो ये मौसम अचानक कैसा होने लगा है। राधा ने कहा और कृष्ण मुरली बजाते बजाते ही हल्के से मुस्कराये।"

"अरे, तुम मुस्करा क्यों रहे हो?"

कृष्ण ने मुरली ओंठो से हटायी,

"मौसम है, बदलता ही रहता है।" उन्होंने कहा और मुरली पुनः ओठों पर रख ली।

थोड़ी देर में ही हवा बहुत तेज होकर थपेड़े मारने लगी। चिड़ियों का कलरव बन्द हो गया था और पेड़ों से गुजरती हवा का शोर वातावरण में भर गया। चारों ओर अँधेरा छा गया और आसमान में रह रह कर बिजली चमकने लगी। राधा, कृष्ण के बहुत निकट आ गयीं और अपने हाथ से कृष्ण की बाँह पकड़ ली।

"मुझे भय सा लग रहा है।" उन्होंने कृष्ण से कहा।

"क्यों, मैं तो हूँ न।" कृष्ण ने कहा।

अँधेरा बराबर घना होता जा रहा था और हवा तेज। आँखों में धूल के कण न पड़ें इसलिये राधा ने आँखें बन्द कर लीं। मुरली की ध्वनि और हवा की सरसराहट बस यही ध्वनियाँ वातावरण में गूँज रही थीं।

* * *

कमल के पुष्पों और जल पर तैरते हंसों से भरे, एक सरोवर के किनारे, यह किसी दिव्य-धाम सा स्थान था। सरोवर में बहुत से कमल खिले हुये थे और कुछ हंस भी तैर रहे थे। प्रकृति के सौन्दर्य के मध्य, पक्षियों का कलरव, संगीत सा लग रहा था। दूर दूर तक बहुत से मण्डप सजे हुये थे और स्थान बहुत से देव-तुल्य स्त्री-पुरुषों से भरा हुआ था। एक खुले हुए स्थान पर एक बहुत ही सुन्दर हवन-कुण्ड भी बना हुआ था। लग रहा था, यहाँ कोई विशाल आयोजन शीघ्र ही होने वाला है।

हवन-कुण्ड के दोनों ओर बने मण्डपों में, कुछ बहुत विशाल और भव्य मण्डप भी थे, जिनमें कुछ अधिक ही हलचल दिखाई दे रही थी। कुछ ही क्षणों बाद एक ओर बने एक विशाल मण्डप से नन्द और यशोदा के साथ कृष्ण प्रकट हुये और दूसरी ओर बने एक विशाल मण्डप से कीर्तिदा और वृषभानु के साथ अद्भुत रूप से दुल्हन की तरह सजी हुई राधा बाहर आयीं।

अब राधा दुल्हन बनी हुई हैं, तो दूल्हा कौन हो सकता है? निश्चित ही वह कृष्ण होंगे, अरे हाँ मौर तो उन्हीं के सिर पर था। दोनों पक्षों के लोग धीरे धीरे चलते हुये हवन-कुण्ड तक पहुँचे, तभी आकाश में कुछ पलों के लिये बहुत तेज प्रकाश हुआ और सारा स्थान उस प्रकाश से भर उठा। लगा जैसे बहुत सी बिजलियाँ एक साथ चमकी हों और इसके साथ ही आकाश में साक्षात ब्रह्मा जी और उनके साथ बहुत से देवता राधा और कृष्ण की स्तुति करते दिखाई दिए।

स्तुति समाप्त हुई तो ब्रह्मा जी सहित सभी देवता आकाश से भूमि पर आ गये, फिर ब्रह्मा जी आगे बढ़े, हवन-कुण्ड के पास पहुँचे, उसमें अग्नि प्रज्ज्वलित की गयी और वे स्वयं एक विवाह कराने वाले पण्डित की भूमिका में आ गये।

सखियाँ हाथों में वरमाला लिये हुए राधा को कृष्ण के सम्मुख लायीं। कृष्ण स्वयं भी एक माला अपने हाथों में लिये खड़े थे। उन्होंने अपने हाथों में ली हुई माला राधा के गले में डाली और थोड़ा झुके, ताकि राधा जी भी उनके गले में वरमाला डाल सकें। स्वयं ब्रह्मा जी ने राधा और कृष्ण के विवाह की समस्त विधियाँ पूरी करवाईं।

इसके बाद एक बार पुनः देवताओं द्वारा फूलों की वर्षा की गयी और इस प्रकार राधा और कृष्ण का विवाह सम्पन्न हुआ।

2. और परिणति

आँधी थम चुकी थी और काले बादल दूर जा चुके थे। कालिन्दी के तट पर राधा, कृष्ण के कन्धे पर सिर रखे बैठी हुई थीं। ऐसे ही बैठे बैठे उनकी आँख लग गयी थी।

"राधा।" कृष्ण ने आवाज दी।

"हाँ।" राधा ने आँखें खोलीं और इसके साथ ही वे चौंक पड़ीं।

"अरे, मैं कालिन्दी के तट पर!"

"हाँ, यहाँ तो हम काफी देर से बैठे हुए हैं।"

राधा की आँखों का आश्चर्य अभी भी कम नहीं हुआ।

"और मेरे वे लाल वस्त्र....कहाँ गये?"

"लाल वस्त्र?"

"हाँ, और वह मौर जो तुम्हारे सिर पर था, वह भी तो नहीं है।"

"क्या कह रही हो राधे? कोई स्वप्न देख रही थीं क्या?" कहते हुए कृष्ण ने कालिन्दी का जल अपनी अँजुली में लेकर राधा के मुख पर फेंका। राधा ने भी अँजुली में जल लेकर अपने मुख पर पानी के छींटे दिये और फिर अपनी ओढ़नी से अपना मुख पोंछा।

"कृष्ण, सचमुच मैं किसी और ही संसार में थीं।"

"क्या देख रही थीं?" कृष्ण ने हँसकर पूछा।

"जानते हो, देवता स्वर्ग से आकर हमारा विवाह करवा रहे थे।"

"अच्छा!" कुछ आश्चर्य से कहते हुए कृष्ण फिर मुस्कराये। अब राधा ने उन्हें कुछ देर पूर्व स्वप्न में ब्रह्मा जी द्वारा कराये अपने विवाह के बारे में बताया। कृष्ण ने आश्चर्य के साथ, किन्तु चुपचाप सब सुना।

कृष्ण की यह चुप्पी राधा को अपेक्षित नहीं लगी।

"तुमने बताया नहीं मेरा स्वप्न तुम्हें कैसा लगा?"

"अद्भुत।"

"और वह हमारे विवाह की बात।"

"स्वप्न ही तो था।"

"हूँ....।'' राधा ने एक लम्बी सी 'हूँ' की फिर कहा "और ये स्वप्न सच नहीं हो सकता क्या?"

"राधा, हमारे सम्बन्ध किन्हीं रीति-रिवाजों के मुखापेक्षी हैं क्या?"

"नहीं, पर फिर भी मैं स्त्री हूँ, तुम मेरे मन की बात समझते क्यों नहीं?"

कृष्ण फिर हँसे, बोले,

"तो समझाओ न।"

"छोड़ो, फिर....।"

"नहीं छोड़ो मत, नहीं समझ पा रहा हूँ तो समझा तो दो।"

"क्या हम विवाह नहीं कर सकते।"

कृष्ण फिर हँसे, बोले,

"कब करना है?"

"अभी।"

"अभी, यहीं?"

"हाँ। अभी, यहीं।" राधा ने कहा, तब तक उन्हें अपनी अति-घनिष्ट सखी ललिता आती दिखाई दीं।

"ललिता आ रही है।" उन्होंने कृष्ण से कहा।

"अरे तुमने तो गवाह भी बुला लिया।" कृष्ण ने हँसकर कहा।

"गवाह स्वयं आया है, हो सकता है ईश्वर ने भेजा हो।'' राधा ने कहा

अब तक ललिता पास आ चुकी थीं।

"क्या हो रहा है? कुछ विशेष है क्या?" ललिता ने राधा से पूछा।

"ललिता अभी थोड़ी देर पहले कितनी काली आँधी सी आयी थी और कितना घना अँधेरा छा गया था, देखा था न?"

"नहीं, मैं जहाँ थीं वहाँ तो ऐसा कुछ भी नहीं था।"

"आश्चर्य है, पर यहाँ तो थोड़ी देर पहले बहुत काली सी आँधी आयी थी और चारों ओर घोर अन्धकार भी छा गया था।"

"और अब मुझे आश्चर्य हो रहा है, इतनी तेज काली आँधी आयी तो केवल यहीं क्यों? मैं बहुत दूर तो नहीं थी वहाँ तो पता भी नहीं लगा।"

"यह बात छोड़ो, कहाँ पता लगा और कहाँ नहीं, यह महत्वपूर्ण नहीं है।" राधा ने कहा।

"तो फिर, जो महत्वपूर्ण है वह कहो।" ललिता ने हँस कर कहा।

अब राधा ने स्वप्न में जो देखा था वह बताया।

"ओह, बहुत अद्भुत स्वप्न था, सच। राधा तुम भाग्यशाली हो कि तुमने इतना सुन्दर स्वप्न देखा।"

"हाँ,....स्वप्न था पर.....।"

"पर क्या?"

"इनसे पूछो जो हँस रहे हैं।" राधा ने कृष्ण की ओर संकेत करते हुए कहा।

"राधा, हँसी तो मुझे इस बात पर आ रही है कि तुम कह रही हो कि विवाह अभी और यहीं होना चाहिये।" अब कृष्ण जो अभी तक दोनों सखियों के मध्य का वार्तालाप सुन रहे थे बोले।

"हाँ, मैं तो कह रही हूँ।"

"पर यहाँ न कोई पण्डित है, न कोई मन्दिर, न वेदी है कुछ भी तो नहीं है।"

-"कोई बात नहीं हम तुम तो हैं और फिर साथ में होंगे, हमारे विवाह के इतने सारे साक्षी।"

-"कहाँ हैं इतने सारे साक्षी?"

-"हैं न, एक तो यह ललिता ही है।"

-"हाँ एक ये तो हैं।"

-"और भी तो हैं। ये कालिन्दी, ये दूर दूर तक खड़े वृक्ष, नीचे ये धरती, ऊपर ये आसमान और आसमान से देखते वे देवतागण।"

"पर राधा, यहाँ कहीं सिन्दूर भी है, क्या? ललिता ने कहा।

"हाँ....., सिन्दूर।" कहते हुए राधा गम्भीर और सोच में डूबी हुई सी हो गई।

कृष्ण ने राधा का उदास मुख देखा, उनका हाथ अपने हाथों में लिया और बोले,

"आओ।"

इसके बाद कृष्ण उन्हें लेकर एक काँटेदार वृक्ष के पास गये। उससे एक लम्बा सा काँटा तोड़ा, अपने बायें हाथ से दाहिने हाथ के अँगूठे पर उसे चुभोया। खून की एक बूँद छलक आयी। कृष्ण ने अगूँठे से राधा की माँग पर खून की एक लकीर

खींच दी।

राधा के नेत्रों में आनन्द के अश्रु छलक उठे। उन्होंने झुक कर कृष्ण के पैर छू लिये। कृष्ण ने उन्हें उठाकर सीने से लगा लिया। ललिता हँस कर कालिन्दी की ओर मुख करके खड़ी हो गयी, किन्तु उन्हें कुछ ही पलों में राधा की आवाज सुनायी दी।

"ललिते।"

"हाँ।" ललिता ने अपना मुख बिना घुमाये कहा।

"अरे इधर देख।"

अब ललिता घूमीं।

"अरे, मैं देख रही थी कि ये लहरें जो उठ रही हैं कहाँ तक जायेंगी।" उन्होंने हँसते हुये नदी की ओर हाथ से संकेत करते हुये कहा। बात गहरी किन्तु स्पस्ट थी।

"नटखट, मैं सब समझती हूँ, तू क्या देख रही है और क्या कह रही है।"

"उन्हें भी बोलने दो न।" ललिता ने कृष्ण की ओर देखकर कहा।

"जब तक नदी है, तब तक तो लहरें उठती ही रहेंगी और वे कहीं तक भी जा सकती हैं।" कृष्ण ने कहा।

"अन्त तक?" ललिता ने पूछा।

"हाँ..." कृष्ण ने कहा एक लम्बी सी 'हाँ' की। ललिता ने हँसते हुये बात पूछी थी, किन्तु उत्तर देते समय कृष्ण के ओठों पर एक गम्भीर मुस्कराहट थी। राधा सुन रही थीं उन्हें कृष्ण का उत्तर अच्छा लगा।

"सन्ध्या होने वाली है, चलें?" राधा ने सिर झटक कर बाल पीछे करते हुये ललिता से कहा। वे बहुत प्रसन्न लग रही थीं।

"हाँ, चल, पर ये बता, ये जो तूने माँग भर रखी है, इसको लोग देखेंगे तो उनसे क्या कहेगी।

"अरे हाँ, ये तो तू ठीक कह रही है, पर देख ऐसा करते हैं।" कहते हुये राधा ने अपने बालों में उँगलिया डाल कर इधर उधर फिरायीं, जिससे बाल कुछ बिखर से गये और माँग दिखनी बन्द हो गयी।

"अब? उन्होंने ललिता की ओर देखते हुये पूछा।

"ठीक है।" ललिता ने कहा।

* * *

माँ सादनी और पिता विशोक की सन्तान ललिता का मूल नाम अनुराधा

था और वे राधा से दो दिन बड़ी थीं। ललिता भी कृष्ण से उतना ही प्रेम करती थीं जितना राधा, किन्तु ललिता ने अपने प्रेम को कभी व्यक्त नहीं किया, क्योंकि इससे उनकी सबसे घनिष्ठ सहेली जो कृष्ण के अतिरिक्त कुछ सोचती ही नहीं थी, उसे पीड़ा हो सकती थी। उन्होंने हर अवसर पर राधा का साथ दिया। कई लोग यह भी विश्वास करते हैं कि ललिता ने ही मीरा के रूप में जन्म लिया था।

आज राधा और कृष्ण के विवाह ने उन्हें इस बात का सुख दिया था कि चलो राधा की सबसे बड़ी और एक मात्र इच्छा पूरी हुई, किन्तु इस प्रसन्नता के साथ ही मन में कहीं गहरी उदासी भी थी। ललिता घर पहुँची, तो माँ सामने ही थीं।

"ललिता, कहाँ थी?" माँ ने पूछा

"बस ऐसे ही टहलते हुये आज भाण्डीर वन की ओर निकल गयी थी।"

"कुछ विशेष था?"

"नहीं, पर वहाँ कालिन्दी के तट पर जो प्राकृतिक सौन्दर्य है, वह अभिभूत करने वाला है, बस उसी के लालच में चली गयी थी।"

"कोई और भी था तेरे साथ?"

"हाँ, राधा थी न।"

"अच्छा चल, वह सब तो ठीक है पर तू इतनी उदास सी क्यों है?"

अब ललिता चौंकीं।.... 'अरे मेरे भीतर की उदासी इन्हें कैसे पता लग गयी'.... ललिता ने सोचा फिर स्वयं से ही उत्तर भी मिला.... 'माँ तो माँ होती है, वह सन्तान का मन भी पढ़ लेती है।'

"नहीं, उदास नहीं हूँ माँ, बस ऐसे ही सिर थोड़ा भारी हो रहा है।" कहते हुये ललिता अपने कक्ष की ओर बढ़ गयीं, वहाँ जाकर बिस्तर पर बैठकर एक गहरी साँस अन्दर भरी और फिर धीरे से वहीं लुढ़कीं और अपने हाथों से अपना सिर दबाने लगीं।

दीपक,
जल तो रहा है
पर उदास सा

* * *

राधा घर की ओर लौट रही थीं। पैरों से लेकर मन तक गीत भरे हुये थे। ओंठों

  राधा, कृष्ण और समय के पद चिन्ह

पर रह रहकर मुस्कान आ जा रही थी, किन्तु रास्ते में कोई इस तरह अकेले ही मुस्कराते हुये देख लेगा तो पता नहीं क्या सोच लेगा इस कारण, उन्हें यह मुस्कान छिपानी पड़ रही थी, फिर भी रास्ते में मिली विशाखा ने उन्हें टोक ही दिया।

"राधा।"

"हाँ।"

"मार्ग में चलते चलते मुस्करा रही हो, कुछ विशेष है क्या?"

राधा के मन में आया कह दें, कि जो कुछ हुआ है उससे अधिक विशेष तो सम्भवतः जीवन में और कुछ नहीं होगा, किन्तु प्रकट में बोलीं,

"कहाँ? कुछ भी तो नहीं।"

"पर तुम मुस्करा तो रही थीं राधे।"

"अरे, ऐसे ही कुछ स्मरण हो आया, सम्भवतः इसीलिये ऐसा हुआ होगा।" कहते हुये उन्होंने अपने बालों पर उँगलियाँ फँसाकर उन्हें ऐसा किया कि माँग में भरी लाली कहीं दिख न जाये।

अब विशाखा ने ओंठ थोड़े तिरछे किये और बोलीं,

"जा मत बता, पर कुछ तो है।"

"नहीं कुछ नहीं विशाखा, कुछ भी नहीं है।"

"कृष्ण से मिल कर आ रही है न?"

"चल भाग, व्यर्थ की बातों के लिये समय नहीं है मेरे पास, मुझे शीघ्र घर पहुँचना है, वैसे ही बहुत विलम्ब हो चुका है।" कहकर राधा चल दीं। घर पहुँचीं तो माँ कीर्तिदा बैठी मक्खन बिलो रही थीं।

"लली कहाँ थी?" उन्होंने पूछा।

"अरे बस यहीं कालिन्दी के तट तक गयी थी, मेरी माँ।" हँसते हुये उनके पास सटकर बैठ गयीं और प्रेम से उनके गले में बाँहे डाल दीं फिर बोलीं, "माँ तुम बहुत काम करती हो, कभी कभी थोड़ा सुस्ता भी लिया करो। लाओ मक्खन मैं निकालती हूँ।"

"नहीं, रहने दे, मैं कर लूँगी।" कीर्तिदा ने कहा।

"अरे मैं कर दूँगी माँ।"

"नहीं तू रहने दे, बाहर से आयी है, जा पहले हाथ मुँह धोकर वस्त्र बदल ले।"

"अच्छा जैसी तुम्हारी इच्छा।" कह कर राधा, बहुत ही धीमे स्वर में कुछ गुनगुनाते हुये उठीं, फिर रसोई में जाकर एक चमकती हुयी थाली ली और अपने कक्ष में जाकर उस थाली में अपना प्रतिबिम्ब देखने लगीं।

माँग अभी भी बालों में छिपी हुयी थी। राधा ने बाल इधर उधर कर के माँग स्पष्ट करी। कृष्ण की उँगली के रक्त की लालिमा अभी भी वैसी ही चमक रही थी। उसे देखकर एक लम्बी, किन्तु सलज्ज मुस्कराहट राधा के अधरों पर खेल गयी। उन्होंने थाली एक ओर रख दी। मन नाचने का कर रहा था। जहाँ खड़ी थीं वहीं झूमकर एक बार नाच सी गयीं और फिर झटके के साथ ही बिस्तर पर गिर कर लेट गयीं।

सुबह आँख खुली तो देखा नित्य की अपेक्षा आज उठने में बहुत देर हो गयी थी। वे रोज पौ फटने के साथ ही उठ जाया करती थीं।....'अरे मैं इतना कैसे सो गयी'....मन में आया और फिर ध्यान आया कि आज रात भर में उन्होंने सपने में कृष्ण और स्वयं को एक साथ पता नहीं कहाँ कहाँ बैठे, घूमते और बातें करते देखा था।....'यह हिरन के बच्चे जैसा मन किस तरह सुखद स्मृतियों और भविष्य के रंगीन सपनों के चन्दन वन में रात भर दौड़ता रहा है'....उन्होंने सोचा।

राधा उठीं, और खिड़की के पास आकर बाहर देखने लगीं। सूर्य आज नित्य की अपेक्षा कुछ अधिक लाल और आसमान कुछ अधिक चमकदार नीला था। हवा नित्य की अपेक्षा अधिक शीतल और प्राणदायिनी थी। चिड़ियों का कलरव अधिक मधुर और संगीतमय था और पौधे और वृक्षों की डालियाँ अक्सर ही झूमते लगते थे पर आज उनके झूमने में लय भी थी और उन पर खिले फूल महकते और हँसते से तो नित्य ही होते थे पर आज उनकी महक और हँसी मन को कुछ अधिक ही बाँध रही थी।

'कितना सुन्दर है ये संसार....और विशेषकर यह जो मेरी खिड़की के बाहर है'....उन्होंने सोचा।....'मेरी खिड़की अर्थात'....मन में कुछ आया और वे मुस्करा उठीं, इसके साथ ही उन्हें लगा जैसे किसी ने उनसे कहा है 'ये खिड़की मन की खिड़की है'....। तभी माँ का स्वर सुनाई दिया,

"अरी राधे, उठी या नहीं?"

"उठ गयी हूँ माँ...." उन्होंने उत्तर दिया और इसके साथ ही मन में आया इस....'उठ गयी हूँ'....के कितने अर्थ हो सकते हैं।"

सुनहरे स्वप्न लेकर

द्वार पर

आवाज देता दिन

बहुत सी रश्मियाँ भी

साथ लाया है

राधा, कृष्ण और समय के पद चिन्ह

3. साकार कुटिलतायें

मथुरा के महाराज उग्रसेन, काश्या और राजा आहुक के पुत्र थे। वे बहुत ही न्यायप्रिय, दयालु और अपनी प्रजा के दुःख सुख का बहुत ध्यान रखने वाले राजा थे। कंस उनका पुत्र था, किन्तु वह उनका जैविक पुत्र नहीं था। कहते हैं महाराज उग्रसेन की पत्नी पवनरेखा अत्यधिक सुन्दर थीं और एक बार जब वे अपने मायके में आयी हुयी थीं और एक बगीचे में टहल रही थीं, तभी एक मायावी और दुष्ट प्रकृति के व्यक्ति की दृष्टि उन पर पड़ी। वह उनके अप्रतिम सौन्दर्य के आकर्षण में बँधा हुआ, उनके सम्मुख ही आ कर खड़ा हो गया।

"हे सुन्दरी तुम कौन हो?" उसने पवनरेखा से कहा।

"मैं जो भी हूँ, किन्तु तुम कौन हो और कैसे यहाँ तक आ गये।"

पवनरेखा का यह प्रश्न सुनकर वह व्यक्ति निर्लज्जतापूर्वक हँसा,

"सुन्दरी मैं इधर से जा रहा था, कि अचानक तुम पर मेरी दृष्टि पड़ गयी, और तुम्हारे इस अद्वितीय रूप का आकर्षण मुझे यहाँ तक खींच लाया।"

"क्या चाहते हो?"

"तुम्हारे रूप के आकर्षण ने मुझे बाँध लिया है, ऐसे में एक पुरुष एक स्त्री से क्या चाह सकता है।"

"मूर्खतापूर्ण बातें मत करो।" कहकर पवनरेखा वापस होने के लिये मुड़ी, तभी उस व्यक्ति ने पीछे से धक्का देकर उन्हें गिरा दिया और अपने वस्त्रों से एक छोटा सा कपड़ा निकाल कर उनके मुख पर रखकर उनकी नाक दबा दी। साँस अवरुद्ध हो जाने के कारण वे छटपटाई और कुछ ही देर में अचेतन सी हो गयीं।

कुछ देर बाद उन्हें होश आया, तो पाया कि वह व्यक्ति तो वहाँ नहीं था, पर उनके साथ अनहोनी तो हो चुकी थी। वे उठीं और अपने वस्त्र ठीक किये। बहुत अधिक कमजोरी लग रही थी। वे वहीं बैठकर रोने लगीं, तभी उन्होंने देखा वह

व्यक्ति पुनः सामने आ गया था।....'हे भगवान, तो यह कहीं गया नहीं था अपितु यहीं कहीं छिपा था'....उन्होंने स्वयं से कहा।

पवनरेखा ने देखा वह सामने खड़ा अत्यन्त निर्लज्जतापूर्वक दाँत निकाल रहा था।

"तुम! अब क्या चाहते हो?" उन्होंने रोते हुये ही उससे पूछा।

"नहीं, कुछ नहीं, पर तुम इतनी सुन्दर हो कि तुम्हें देखने से जी नहीं भर रहा था, सो तुम्हें ही देख रहा था, पर अब जा रहा हूँ।" कहकर वह व्यक्ति पीछे मुड़ा। तभी पवनरेखा ने देखा, उनके पास ही एक न छोटा न बहुत बड़ा पत्थर पड़ा हुआ था। जिस देह में थोड़ी देर पूर्व जान ही नहीं लग रही थी, उसमें पता नहीं कहाँ से बहुत बल आ गया। उन्होंने वह पत्थर उठाया और उस व्यक्ति के सिर को निशाना बना कर पूरी शक्ति से फेंका। ईश्वर की दया से निशाना ठीक ही लगा। पत्थर बहुत जोर से उस व्यक्ति के सिर में पीछे से लगा। व्यक्ति का सिर फट गया और वह मुँह के बल भूमि पर गिर पड़ा।

अब उन्होंने पास से भूमि पर पड़ी हुयी, पेड़ की एक डण्डे जैसी डाल उठायी और उससे उस व्यक्ति की पीठ पर अपनी पूरी ताकत से प्रहार करना प्रारम्भ कर दिया। पीठ पर पड़ते प्रहारों को रोकने के लिये व्यक्ति पलटा, तो उन्होंने पूरी ताकत से उसी डण्डे से उसके मुख पर बहुत तेजी से कई प्रहार किये। उसके मुँह और नाक से खून बह निकला और सामने के दाँत टूट कर उसके मुँह में भर गये। व्यक्ति गिड़गिड़ा गिड़गिड़ा कर क्षमा माँगने लगा, पर पवनरेखा क्रोध से पागल हो रही थीं और उन्होंने उस पर प्रहार करना बन्द नहीं किया। जी भर कर पीट लेने के बाद जब पवनरेखा को लगा कि यह व्यक्ति मृतप्राय हो गया है, तो उन्होंने डण्डा वहीं फेंका और वापस हो लीं। घर पहुँची तो माँ प्रतीक्षा में थी।

"अरे कहाँ गयी थी, हम सभी बहुत चिन्तित थे।"

"बस पास में उपवन तक ही गयी थी।"

"और यह अपनी हालत क्या बना रखी है। लगता है जैसे धूल में लोट कर आयी है।"

"कुछ नहीं एक जगह फिसल कर गिर गयी थी।"

"अरे सँभलकर चला कर, बहुत चोट तो नहीं लगी है?" माँ ने पूछा। पवनरेखा ने माँ की तरफ देखते हुये मन में तो कहा,....'माँ चल तो सँभल कर ही रही थी, फिर भी जो चोट खायी है उसके घाव जीवन भर नहीं सूखेंगे'....किन्तु प्रकट में कहा, "नहीं माँ ठीक हूँ," और उसके बाद शीघ्रता से वहाँ से हटकर अपने कक्ष में चली गयीं। मन में विचारों का तूफान सा चल रहा था।....'हे प्रभु मुझे अब इस देह से मुक्त कर दो या मेरी चेतना को विलुप्त कर दो। मैं अब और कोई सुबह देखना

राधा, कृष्ण और समय के पद चिन्ह

नहीं चाहती,'.... उन्होंने ईश्वर से कहा। पवनरेखा के मन में दुःख भरी भावनाओं की बाढ़ सी आ रही थी। वे पेट के बल और तकिये में सिर गड़ा कर लेट गयीं। खाने के लिये बुलावा आया तो उन्होंने पेट में दर्द का बहाना करके मना कर दिया। सोते, जागते और रोते, उनकी वह रात्रि किसी तरह कट ही गयी।

सुबह हुई तो वे कक्ष की खिड़की, जो बाहर खुले में खुलती थी, को खोलकर बाहर देखने लगीं। वहाँ लगे कुछ पौधों में फूल खिले हुए थे, उन पर दृष्टि गयी और साथ ही सुबह की ताजी हवा का स्पर्श लगा, तो मन कुछ शान्त सा लगा। अचानक स्मरण हो आया कि वह व्यक्ति अभी तक कहीं वहीं पड़ा हुआ, तो लोग चकित भी होंगे और तरह तरह के अनुमान भी लगाने लगेंगे। चूँकि शाम को वे वहाँ थीं इसलिये सम्भव है कि उनके सम्मुख भी कुछ प्रश्न आयें जो उन्हें असहज करने वाले तो होंगे ही।

पवनरेखा बिना किसी से कुछ कहे तेजी से बाहर आयीं और धड़कते हृदय से उस स्थान पर पहुँचीं। वह व्यक्ति अब वहाँ नहीं था।

'बच गया शैतान, अवश्य रात्रि में कहीं उठकर चला गया होगा'.... उन्होंने सोचा और सन्तोष की एक लम्बी सी साँस ली।....'हे ईश्वर धन्यवाद, अब मैं इस घटना के कारण समाज में लज्जित होने से बच जाऊँगी'.... उन्होंने मन ही मन ईश्वर से कहा और जिस तरह चुपचाप गयीं थीं उसी तरह चुपचाप ही वापस लौट आयीं, किन्तु घर पहुँची तो माँ उनकी प्रतीक्षा कर रही थीं।

"कहाँ थीं?" माँ ने उन्हें देखते ही पूछा।

"यूँ ही बस थोड़ा बाहर गयी थी।"

"अच्छा, जा हाथ मुँह धोकर थोड़ा कलेवा कर ले।"

"अच्छा।" पवनरेखा ने कहा, "पर माँ एक बात कहनी है।"

"क्या?"

"माँ, मैं अपने घर वापस जाऊँगी।"

"कब?"

"आज ही।"

"इतनी शीघ्र?"

"नहीं शीघ्र कहाँ है, कई दिनों से तो रह रही हूँ, फिर वे पता नहीं कैसे होंगे।" पवनरेखा का संकेत पति महाराजा उग्रसेन की ओर था।

"अच्छा।"

माँ ने पिता से कहकर उनके जाने की व्यवस्था करवा दी।

* * *

पवनरेखा रथ में बैठकर मायके से मथुरा के लिये चल पड़ी थीं। घर से निकलते ही रास्ते में वह उपवन फिर पड़ा तो सीने बहुत जोर से धक सा हुआ। मन पीड़ा से फिर भर गया, किन्तु उस स्थान से थोड़ा आगे बढ़ते ही उन्होंने अपना सिर थोड़ा सा ऐसे झटका जैसे सिर से कोई बोझ हटाने का प्रयास हो।....'नहीं मुझे मजबूत बनना है। आखिर जो कुछ हुआ उसमें मेरी कोई गलती थी भी तो नहीं, और यद्यपि इस तरह के पाप के लिये कोई भी दण्ड पर्याप्त नहीं है, किन्तु फिर भी मैंने उस पापी को अपनी सामर्थ्य भर दण्ड तो दे ही डाला है।'....सोचते हुये उन्होंने कई बार अपनी हथेलियाँ मुख पर और अपने सिर पर फिरायीं'....जीवन में दुर्घटनायें होना कोई आश्चर्य तो नहीं है। जीवन है तो कभी अच्छी घटनायें और कभी दुर्घटनायें तो होती ही रहेंगी। उन्हें भूल कर आगे तो बढ़ना ही होगा'....मन में आया।'....हाँ, यदि मैंने उस व्यक्ति की खोपड़ी, नाक और दाँत नहीं तोड़े होते तो अवश्य एक कसक रह जाती कि उसे इसका कोई दण्ड नहीं मिल पाया'....सोचते हुये वे अपने हथेलियों को मस्तक से लगाकर सिर के पीछे तक ऐसे ले गयीं मानो कुछ समेट रही हैं और फिर हाथों को ऐसे झटका मानो जो समेटा है वह फेंक दिया हो।'....और इसके साथ ही उन्होंने एक गहरी सी साँस ली।

मथुरा आया तो उनके आने के समाचार को सुनकर महाराज उग्रसेन ने स्वयं आगे आकर और हाथ पकड़कर उन्हें रथ से उतरने में सहायता की।

"अरे, इस तरह अचानक!" उन्होंने कहा।

"बहुत दिन हो गये थे। आपकी स्मृतियों ने परेशान किया, और मैं आ गयी।"

"चलो अच्छा किया। मुझे भी तुम्हारी स्मृतियाँ परेशान कर रही थीं, पर यदि सूचना दी होती तो मैं स्वयं तुम्हें लेने आ जाता।"

मथुरा आने के कुछ दिन बाद ही पवनरेखा को पता लग गया कि वे गर्भवती हैं। जिस पीड़ा को उन्होंने बलपूर्वक भुलाया था वह एक बार पुनः पहाड़ सी सीने पर लद गयी।

समय आने पर पवनरेखा ने एक पुत्र को जन्म दिया। यही कंस था। कंस बचपन से ही अति महात्वाकांक्षी और दुष्ट था। पिता उग्रसेन के कोई गुण उसमें नहीं थे। कहते हैं कि कंस पूर्वजन्म में कालनेमि नामक राक्षस था। एक जन्म में वह हिरण्यकश्यप के भाई हिरण्याक्ष का पुत्र था और भगवान विष्णु के हाथों मारा गया था और उसका भाई अन्धक भगवान शिव के द्वारा मारा गया था। एक अन्य जन्म में भगवान राम के समय में वह मारीच के पुत्र के रूप में रावण के दरबार में था और युद्ध के समय हनुमान जी ने उसकी टाँगें पकड़कर और घुमाकर इतनी जोर से फेंका था, कि वह रावण के सम्मुख जाकर गिरा और मर गया था।

* * *

राधा, कृष्ण और समय के पद चिन्ह

महाराज उग्रसेन की सेना में बकासुर और उसका छोटा भाई अघासुर भी था। पूतना इनकी बहन थी। कंस इन्हें समय समय पर धन आदि देकर उपकृत करता रहता था, जबकि स्वयं उग्रसेन इन्हें उनकी दुष्प्रवृत्तियों के कारण पसन्द नहीं करते थे।

एक दिन कंस ने इन तीनों को एक एकान्त स्थान पर बुलाया और अघासुर से कहा,

"अघासुर तुम इतने वीर और युद्धकौशल में निपुण व्यक्ति होकर भी सेना में एक छोटे से पद पर हो। तुम्हें तो किसी बड़े पद पर होना चाहिये था।"

अघासुर अपनी प्रशंसा सुनकर प्रसन्न तो हुआ पर उसने मुँह लटका कर उत्तर दिया,

"मैं आभारी हूँ राजकुमार कि आप ऐसा समझते हैं, किन्तु यह तो महाराज के हाथ में है।"

"हाँ, सो तो है।" कंस ने कहा और पूतना और बकासुर ने भी कंस की बात का समर्थन किया।

अब कंस एक दुष्टतापूर्ण हँसी हँसा।

"यदि महाराज ही बदल जायें तो?" उसने प्रश्न उछाला।

"तो....!" अघासुर, पूतना और बकासुर के मुख आश्चर्य से खुले रह गये।

"हाँ, तो....।" कंस के मुख पर अभी भी वह कुटिल हँसी विद्यमान थी।

अब उन तीनों में से कोई कुछ कहता इसके पूर्व कंस स्वयं ही बोल पड़ा,

"देखों मैं तुम तीनों पर बहुत विश्वास करता हूँ, इसलिये जो कुछ मैं कहने जा रहा हूँ, उसे ध्यान से सुनो और यह भी ध्यान रखना कि ये बातें तुम तीनों के अतिरिक्त यदि किसी और तक गयीं तो तुम तीनों ही अपने प्राणों से हाथ धो बैठोगे।"

इसके बाद कंस ने उन तीनों के साथ मिलकर महाराज उग्रसेन के विरुद्ध एक षड़यंत्र रचा।

* * *

राजा उग्रसेन का दरबार लगा हुआ था। कंस चूँकि राजकुमार था अतः वह उनके बगल के एक आसन पर बैठा हुआ था। सभी लोग प्रसन्न मुद्रा में बैठे हुए थे और सामान्य चर्चायें चल रही थीं कि अचानक अपनी तलवार के मूठ पर हाथ

रखकर कंस खड़ा हो गया।

“क्या है राजकुमार तुम अचानक इस तरह तलवार के मूठ पर हाथ रखकर खड़े क्यों हो गये, कोई संकट आने वाला है क्या?”

“हाँ, संकट ही है।” कहते हुये कंस ने तलवार निकाली और उसे महाराज उग्रसेन के गले पर रख दिया।

“अरे....अरे....ये क्या हो गया है तुम्हें?” उग्रसेन ने कुछ घबराकर कंस से पूछा, “मेरी गर्दन पर ये तलवार क्यों रख दी है तुमने?”

इस बीच लगभग सभी दरबारी उठकर खड़े हो चुके थे। कंस ने उन सभी को सम्बोधित करते हुये कहा,

“सब लोग ध्यान से सुनें, यदि किसी ने एक पग भी आगे बढ़ाया तो यह तलवार रक्त बहाने से चूकेगी नहीं। यदि आप अपने महाराज का जीवन बचाना चाहते हैं तो कोई भी अपने स्थान से हिलने का साहस न करे।”

कंस के इस कथन ने सभा में उपस्थित सभी को घोर आश्चर्य में डाल दिया। महारानी पवनरेखा भी महाराज उग्रसेन के बगल के आसन पर ही विराजमान थीं। एक पल में उनकी आँखों के सम्मुख अपने मायके में बीती घटना घूम गयी,.....‘दुष्ट की औलाद दुष्ट ही होती है’,.....उन्होंने अपने मन में कहा, झटके उठीं और

“क्या कर रहे हो कंस? पागल हो गये हो क्या? अपने पिता पर हाथ उठा रहे हो।” कहते हुये वे कंस के पास पहुँच गयीं।

“आप तो इस समय दूर ही रहिये।” कहते हुये कंस ने उन्हें अपने दूसरे हाथ से जोर का धक्का दिया। कंस के इस झटके से वे भूमि पर गिर पड़ीं, तभी अचानक सैनिकों की एक टोली के साथ अघासुर ने प्रवेश किया। पूतना और बकासुर भी उनके साथ ही थे।

“जो जहाँ है वहीं खड़ा रहे अन्यथा वह अपने प्राणों से हाथ धो बैठेगा।” अघासुर ने लगभग चिल्लाते हुये कहा।

भूमि पर पड़ी महारानी पवनरेखा अब तक उठ चुकी थीं और वे कंस की ओर बढ़ने ही जा रही थीं कि पूतना ने वहाँ पहुँचकर, उन्हें पकड़ कर बलपूर्वक दूर हटा दिया।

“सैनिकों, इन्हें गिरफ्तार कर लो।” कंस ने महाराज उग्रसेन और अपनी माँ के लिये कहा। इसके साथ ही अघासुर अपने साथ आये सैनिकों के साथ आगे बढ़ा। उग्रसेन और पवनरेखा को गिरफ्तार कर लिया गया। इसके बाद कंस नंगी तलवार लिये राजसिंहासन पर बैठ गया और अघासुर और उसके साथियों ने ‘महाराज कंस की जय’ के नारे लगाने प्रारम्भ कर दिये।

अब उग्रसेन ने कंस से कहा,

"पुत्र, इसकी क्या आवश्यकता थी। मेरे बाद यह सिंहासन तुम्हारा ही तो था।"

कंस उनके इस कथन पर कुटिलता पूर्वक व्यंग्य से हँसा।

"आवश्यकता थी, इसीलिये यह करना पड़ा।" उसने कहा, "मैं इतनी लम्बी प्रतीक्षा नहीं कर सकता था।"

"यदि इतनी शीघ्रता थी तो मुझसे कहते, मैं स्वयं तुम्हारे लिये यह सिंहासन खाली कर देता।" उग्रसेन ने कहा।

इसके उत्तर में कंस ने "हुँ....ह" करते हुये सिर को झटका और अघासुर से कहा, "अघासुर आज से तुम इस मथुरा की सेना के सेनापति हुए। इन दोनों को ले जाओ और कारागार में डाल दो।" उसने महाराज उग्रसेन और अपनी माँ पवनरेखा की ओर इंगित किया।

4. अक्रूर: एक अर्थशास्त्री

श्वफल्क मथुरा के एक बड़े व्यापारी थे। वर्ण से क्षत्रिय होते हुये भी उनकी रुचि राज कर्म में न हो कर व्यापार में थी और उन्हें अर्थव्यवस्था की गहरी समझ थी। हम उन्हें उस समय का अर्थ-शास्त्री कह सकते हैं। एक बार काशी नरेश ने उन्हें काशी बुलाया। काशी नरेश का यह आमन्त्रण श्वफल्क के लिये अप्रत्याशित ही था।

"हमें अपने राज्य की अर्थव्यवस्था कुछ बिखरी हुई सी लगती है, हमारा अनुरोध है आप कुछ दिन हमारे अतिथि के रूप में रह कर इसे पटरी पर लाने में हमारी सहायता करें।" श्वफल्क के काशी पहुँचने पर काशी नरेश ने उनसे कहा।

इसके बाद श्वफल्क वहाँ रह कर काशी की अर्थव्यवस्था को सँभालने के कार्य में जुट गये ओर शीघ्र ही वे उसे सुदृढ़ करने में सफल हो गये। यह अद्भुत था। एक दिन काशी नरेश ने उन्हें बुलाया।

"हम चाहते हैं, कि आप हमारी पुत्री गान्दिनी का हाथ आप अपनी भार्या के रूप में स्वीकार करें।" उन्होंने श्वफल्क से कहा।

यह श्वफल्क के लिये बहुत बड़ा आश्चर्य था।

"मैं....? क्या मैं इस योग्य हूँ? उन्होंने कहा।

"आपने इतने कम समय में हमारे राज्य की गिरती हुई अर्थव्यवस्था को इतना सुदृढ़ स्वरूप प्रदान किया है। इस मध्य मैंने आपके व्यवहार का अध्ययन किया है। आप चरित्रवान और युवा हैं और मेरी दृष्टि में आप हर प्रकार से मेरी पुत्री गान्दिनी के योग्य हैं।" काशी नरेश ने कहा।

गान्दिनी से विवाह के पश्चात श्वफल्क वापस मथुरा लौट आये। अक्रूर इन्हीं गान्दिनी और श्वफल्क के पुत्र थे और पिता के व्यापार में सहयोग किया करते थे। पिता के साथ ने उन्हें भी एक अर्थशास्त्री ही बना दिया था। राजा उग्रसेन ने उनकी योग्यता को देखते हुए उन्हें अपने राज्य में प्रमुख अर्थशास्त्री के रूप में जगह दी थी।

अक्रूर को राजा उग्रसेन के राज्य में अर्थशास्त्री के अतिरिक्त भी बहुत से अधिकार प्राप्त थे। वे रिश्ते में वसुदेव के भाई भी लगते थे।

＊＊＊

महाराज उग्रसेन ओर पवनरेखा कारागार में थे और मथुरा पर कंस का राज्य हो चुका था। बहुत लोग जो कंस के स्वभाव से परिचित थे, मथुरा छोड़ रहे थे। अक्रूर ने भी मथुरा छोड़ने का निश्चय कर लिया था। एक दिन कंस की सभा में उन्होंने अपना त्यागपत्र कंस के सम्मुख रख दिया। कंस भले ही दुष्ट था, किन्तु अक्रूर की प्रतिभा को पहचानता था। जिस ढंग से मथुरा की अर्थव्यवस्था उन्होंने सँभाल रखी थी, उनके जाने के बाद शायद ही कोई सँभाल पाता, और एक सुदृढ़ अर्थव्यवस्था राज्य के लिये कितनी आवश्यक होती है यह भी कंस जानता था। अक्रूर का त्यागपत्र देखते ही उसने कहा,

"अरे, आप क्यों त्यागपत्र दे रहे हैं, आप हमारे अग्रज हैं, कोई कष्ट हो तो बताइये।"

"सोच रहा था काशी चला जाऊँ, वहाँ मेरी ननिहाल है।" अक्रूर ने कहा।

"नहीं आपको कहीं जाने की आवश्यकता नहीं है। आपको जो भी सुविधा चाहिये हो, बताइये। अभी तो स्वयं मथुरा को आपकी बहुत अधिक आवश्यकता है।"

कंस की इस बात का अक्रूर को तुरन्त कोई उत्तर देना ठीक नहीं लगा। मन में तरह तरह के विचार उठने लगे थे।

"राजन क्या आप मुझे कल तक का समय दे सकते हैं?"

"हाँ, अवश्य, किन्तु उत्तर देते समय यह बात अवश्य ध्यान में रखियेगा कि आपकी जन्मभूमि मथुरा को आपकी आवश्यकता है।"

"जी राजन।" अक्रूर ने कहा।

कंस के इस प्रस्ताव के बाद अक्रूर के मन में तरह तरह के विचार उठने लगे थे।....'दुष्ट व्यक्ति है आज इस तरह से बोल रहा है, किन्तु कल किसी और अवसर पर भाषा बदल भी सकता है,'....उन के मन में आया, पर फिर इसके साथ ही यह भी लगा कि महाराज उग्रसेन और महारानी पवनरेखा कारागार में हैं, यहाँ रह कर सम्भव है, कभी उनके किसी काम आ सकूँ। मेरे यहाँ से चले जाने के बाद तो ये सम्भावना भी समाप्त ही हो जायेगी।

विचारों की इस आवाजाही ने उन्हें न केवल सारे दिन व्यस्त रखा, अपितु

रात्रि में ठीक से सोने भी नहीं दिया। प्रातःकाल होते ही उनकी पत्नी उग्रसेना ने पूछा,

"मैं देख रही हूँ, कि आप कल दरबार से आने के बाद से कुछ सुस्त और किन्हीं गहरे विचारों में खोये हुए से हैं और इस समय आपको देख कर लग रहा है, कि आप रात्रि में ठीक से सो भी नहीं पाये हैं।"

"तुम ठीक कह रही हो उग्रसेना।" अक्रूर ने पत्नी से कहा।

"और इसका कारण?" पत्नी उग्रसेना ने पूछा।

अब अक्रूर ने एक दिन पूर्व राजसभा में होने वाली बातें बतायीं।

"इस विषय में तुम्हारी क्या राय है, कहोगी?"

"जो आप सोच रहे हैं वही मुझे भी उचित लग रहा है। हमें अपने महाराज और महारानी को इस हाल में छोड़कर नहीं जाना चाहिये। क्या पता यहाँ रहकर हम कभी उनके किसी काम आ सकें। इतने धर्मप्राण व्यक्ति हम यूँ अकेले छोड़कर चले जायें यह उचित तो नहीं लग रहा है।"

"ठीक कहती हो।" अक्रूर ने कहा और जब वे दरबार में पहुँचे तो कंस ने उन्हें देखते ही प्रश्न किया,

"क्या सोचा अक्रूर जी?"

"मैंने सोचा है कि मैं मथुरा की सेवा में रहूँगा।"

अक्रूर ने जानबूझ कर 'आपकी सेवा में रहूँगा' न कह कर 'मथुरा की सेवा में रहूँगा' कहा था। कंस को यह अप्रिय तो लगा किन्तु अक्रूर जी के महत्व को देखते हुये उसने इसे अनदेखा कर दिया। अक्रूर मथुरा में ही रह गये।

राधा, कृष्ण और समय के पद चिन्ह

5. रिश्तों से क्या

भागवत पुराण के अनुसार अति प्राचीन काल में सुतपा नाम के एक बहुत धर्मात्मा प्रजापति थे। उनकी पत्नी का नाम था पृश्नि। वे भी पति सुतपा के समान ही ईश्वर भक्त और धर्मात्मा थीं। एक बार दोनों ने वर्षा, शीत, गर्मी सब कुछ सहन करते हुए ईश्वर की बहुत दिनों तक तपस्या की। उनकी इस तपस्या से भगवान विष्णु ने प्रसन्न हो कर उन्हें दर्शन दिये।

"पृश्नि और सुतपा तुम दोनों ने मेरी आराधना में बहुत कठिन तपस्या की है। वर माँगो।"

"प्रभु, हमें आपके जैसा पुत्र चाहिये।"

"ठीक है, तथास्तु।" भगवान विष्णु ने कहा।

समय पाकर पृश्नि ने एक पुत्र को जन्म दिया जो पृश्निगर्भ नाम से विख्यात हुआ।

दूसरे जन्म में पृश्नि और सुतपा क्रमशः अदिति और कश्यप ऋषि हुये। इनके पुत्र ही देवता कहलाये।

तीसरे जन्म में अदिति कंस के पिता महाराजा उग्रसेन के भाई देवकी की पुत्री के रूप में जन्मी और ऋषि कश्यप ने, आगरा जिसका उस समय नाम अग्रवन था, के बटेश्वर नामक ग्राम में मारियणा और सूरसेन के पुत्र के उग्रसेन रूप में जन्म लिया। पाण्डवों की माता कुन्ती इनकी बहन थीं।

***

देवकी, कंस की चचेरी बहन थी। उनके पति वसुदेव विवाह के बाद मथुरा में ही रह गये थे। महाराज उग्रसेन के दरबार में उन्हें मंत्रीपद मिला हुआ था जो कंस

ने अपने शासन में भी रहने दिया था।

एक दिन कंस का दरबार लगा हुआ था कि एक सन्त पधारे। कुछ लोगों के मतानुसार वे स्वयं नारद थे। कंस ने प्रणाम करने के बाद उन्हें उचित आसन दिया।

“भगवन, कैसे कृपा की?” कंस ने उनसे सविनय प्रश्न किया।

“बस, ऐसे ही घूमता हुआ इधर आ गया।”

कंस ने जब से अपने माता पिता को कैद किया था, तब से वह बहुत शंकित रहने लगा था कि कहीं किसी दिन उसके विरुद्ध भी कोई षड़यंत्र न हो जाये, अतः उसने सन्त से कहा,

“महाराज क्या आप मेरे भविष्य के बारे में कुछ बतायेंगे?”

“भविष्य तो सबका एक ही है, एक दिन मृत्यु।” सन्त ने कहा।

सुनकर कंस हल्के से फीकी हँसी हँसा।

“हाँ वह तो है, पर मृत्यु कैसे और कब होगी यह तो प्रश्न तो रहता ही है।” उसने कहा।

“यदि यही जानना चाहते हो कंस, तो सुनो। तुम्हारी बहन देवकी का आठवाँ पुत्र ही तुम्हारा काल बनेगा।”

“क्या?”

“हाँ।” सन्त ने कहा, आसन से उठ कर खड़े हुए और “राजन, अब मुझे आज्ञा दें।” कहते हुए वे वहाँ से प्रस्थान कर गये।

सन्त ने जो कुछ कहा था उससे कंस ही नहीं सारी सभा हतप्रभ रह गयी थी। वसुदेव उस सभा में उपस्थित थे। सब लोग उन्हीं की ओर देखने लगे। स्वाभाविक ही वसुदेव इन सब बातों से बहुत असहज हो उठे थे।

“महाराज मुझे आज्ञा दें।” उन्होंने खड़े होकर और हाथ जोड़कर कंस से कहा।

“ठीक है।” कंस ने कुछ बेरुखी से कहा।

वसुदेव बहुत ही बोझिल कदमों से चलते हुये अपने भवन तक पहुँचे। आज असमय ही उनको आया हुआ देखकर देवकी आश्चर्य में पड़ गयी।

“आज इस समय आप घर पर, कुछ विशेष है क्या?” देवकी ने पूछा।

“नहीं, कुछ नहीं।”

“फिर आप इतने सुस्त और उदास से क्यों हैं? महाराज उग्रसेन और महारानी पवनरेखा तो कुशल से हैं?”....‘कंस का कोई भरोसा नहीं है’,....सोचते हुए देवकी ने पूछा, वे जेल में निरुद्ध अपने भाई, भाभी के लिये हमेशा चिन्तित रहती थीं।

“नहीं, वे तो जैसे थे वैसे ही होंगे, पर आज राजसभा में एक सन्त आये थे।”

　　　　　　　　　राधा, कृष्ण और समय के पद चिन्ह

“तो?”

“उनका कथन था कि हमारा आठवाँ पुत्र कंस का काल बनेगा।”

“क्या?” देवकी ने आश्चर्य में डूबकर कहा।

“हाँ, और अभी तुमने कहा था न कि कंस का कोई भरोसा नहीं है।”

“हाँ।”

“तो अब वह हमारे साथ भी क्या करेगा इसका भी कुछ पता नहीं है।”

“सच है।” कहकर देवकी ने एक गहरी ठण्डी साँस भरी।

“हम कर भी क्या सकते हैं? अब मुझे लग रहा है कि कंस के मथुरा के सिंहासन पर अधिकार कर लेने के बाद जब आपने मथुरा छोड़ने का निश्चय किया था, वह ठीक ही था।” उन्होंने आगे कहा।

“पता नहीं क्या ठीक था और क्या गलत। एक समय में मैंने ऐसा निश्चय किया अवश्य था, किन्तु महाराज उग्रसेन और महारानी पवनरेखा को इस तरह जेल में छोड़कर यहाँ से जाना एक तरह से पलायन ही होता, यही सोचकर रुक गया था।”

“फिर आप इतना सुस्त क्यों हैं, हम अपना कार्य कर रहे हैं आगे ईश्वर की इच्छा।” देवकी ने कहा।

“हाँ, यह भी ठीक ही है।”

✴ ✴ ✴

दोपहर ढल रही थी। देवकी और वसुदेव अपने भवन के एक कमरे में कुछ सोचते हुए से चुपचाप बैठे थे, तभी उन्हें बाहर कुछ आवाजें सुनायी दीं। आशंका में डूबे हुए, दोनों ही उठ खड़े हुए ओर बाहर की ओर चले, पर देवकी ने कहा,

“आप बैठिये, मैं देखती हूँ।”

“नहीं तुम यहीं रहो, मैं देखता हूँ।” वसुदेव ने कहा। देवकी रुक गयीं और वसुदेव भवन के द्वार पर आये। बाहर कुछ सैनिक खड़े हुये उनके भवन की ओर ही देख रहे थे।

“क्या है? आप लोग ऐसे क्यों खड़े हुए हैं?” वसुदेव ने उनके नायक से लगते सैनिक से पूछा।

“महाराज का आदेश है।” उस सैनिक ने कहा।

“क्या आदेश है?”

“देवी देवकी को इस भवन से बाहर जाने की अनुमति नहीं है।”

“कब तक?”

“यह तो हमें नहीं पता, किन्तु स्वाभाविक ही जब तक अगला आदेश नहीं मिलता हम यहीं रहेंगे।”

“और मेरे लिये क्या आदेश है?”

“आपको नित्य की भाँति ही दरबार में उपस्थित होना है, किन्तु इसके अतिरिक्त और कहीं जाने की अनुमति नहीं है।”

वसुदेव समझ गये कि कंस उन पर दृष्टि रखना चाहता है, इसीलिए उसने उनके भी कहीं भी जाने पर तो रोक लगाई है, किन्तु राजदरबार में उन्हें नित्य उपस्थित रहना है।

देवकी दरवाजे की आड़ से सब सुन रही थीं। वसुदेव जब भीतर आये तो उन्होंने कहा,

“चलिये कम से कम हमारा जीवन बच गया, अन्यथा इस बात पर वह हमारे प्राण भी ले सकता था।”

“हाँ।” वसुदेव ने एक गहरी साँस लेते हुए कहा।

सन्ध्या ढलने के साथ ही उन्होंने देखा कि बाहर सैनिकों की संख्या और बढ़ गयी है, पहरा और कड़ा हो गया है।

* * *

इसी भवन की कैद में रहते हुए, देवकी ने एक पुत्र को जन्म दिया। यह समाचार मिलते ही कुछ सैनिको के साथ कंस स्वयं आया। देवकी बिस्तर पर थीं और बच्चा उनसे सटा हुआ उनके पास ही लेटा था।

“यह बालक मुझे दे दो देवकी।” कंस ने आते ही देवकी से कहा।

“किन्तु इसे थोड़ा बड़ा तो होने दो। मैं इसे कुछ दिनों तक अपने सीने में समेट कर जी तो लूँ।”

देवकी की यह बात सुनकर कंस एक भद्दी सी हँसी हँसा।

“मैं तुम्हारी बहन हूँ कंस।” देवकी ने कहा।

“हाँ, और इसीलिये मैंने तुम्हारे प्राण नहीं लिये, अन्यथा तुम्हें जीने देने का कोई अर्थ नहीं था।”

“उन सन्त ने हमारे आठवें पुत्र के बारे में कुछ कहा था। यह तो हमारा पहला

पुत्र ही है।" देवकी ने कहा।

"साँप का भाई साँप नहीं होगा यह कौन कह सकता है?" कंस ने कहा। यह सुनकर देवकी ने बच्चे को जोरों से सीने में भींच लिया, किन्तु कंस ने देवकी से बलपूर्वक बच्चे को छीन कर उसे भूमि पर पटक दिया और फिर बिना किसी ओर देखे अपने आदमियों के साथ वापस हो लिया। देवकी बहुत देर तक उस बच्चे के शरीर को सीने में समेटे तब तक रोती रहीं, जब तक कि वे स्वयं बेहोश हो कर लुढ़क नहीं गयीं।

इस घटना के बाद बहुत दिनों तक वसुदेव जी, कंस की राजसभा में नहीं गये, किन्तु अन्त में कंस के बुलावे पर उन्हें जाना ही पड़ा। समय के साथ देवकी के छः पुत्र और हुए और कंस के द्वारा सभी का अन्त उसी प्रकार किया गया।

✳ ✳ ✳

वसुदेव की पहली पत्नी रोहिणी एक मात्र व्यक्ति थीं, जिन्हें देवकी और वसुदेव के पास जाने या कभी कभी वहाँ ठहरने की अनुमति थी। देवकी जब सातवीं बार गर्भवती हुई, तो रोहिणी और वसुदेव के सम्मुख उन्होंने अपनी बात रखी।

"मैं पुनः गर्भवती हो गयी हूँ।" उन्होंने कहा।

"हाँ...., कुछ करते हैं।" वसुदेव ने गहरी सी साँस लेकर कहा।

"क्या?"

"एक उपाय मन में है तो।"

"तो कहते क्यों नहीं।" देवकी ने कहा।

"रोहिणी, इस बच्चे के प्राण बचाने में हमें कुछ नाटक करने की आवश्यकता पड़ेगी और इसमें तुम्हारी भूमिका ही प्रमुख होगी, करोगी न?"

"जो आवश्यक होगा सब कुछ करूँगी।" रोहिणी ने कहा।

रोहिणी के इस उत्तर के बाद वसुदेव मौन रह गये। लगा जैसे वे कुछ सोच रहे हों। रोहिणी और देवकी दोनों उनके मुख की ओर देख रही थीं। कुछ प्रतीक्षा के बाद रोहिणी ने कहा,

"आप संकोच मत करें, जो भी उपाय सोचा है कहें।"

"मैं सोचता हूँ....।" इतना कहकर वसुदेव पुनः रुक गये।

"क्या? कहिये न।" रोहिणी ने पुनः कहा।

अब वसुदेव के ओंठो पर एक प्रयास करके लायी हुई मुस्कान आयी।

"कंस को भय तो देवकी के पुत्र से हैं, तुम्हारे पुत्र से नहीं।"

"हाँ।"

"तो इस बार हम बाहर यह सन्देश देंगे कि देवकी नहीं तुम गर्भवती हो, तो होने वाले बालक को तुम्हारा पुत्र जानकर कंस नहीं मारेगा।"

रोहिणी ने कुछ पल कुछ सोचा फिर बोलीं,

"क्या यह सम्भव हो सकेगा?"

"प्रयास करते हैं, फिर शेष तो ईश्वर के हाथ में है ही।"

और फिर इस निर्णय के बाद तीनों ने मिलकर इस नाटक का सफलता-पूर्वक निर्वहन करने का निश्चय किया।

बालक के जन्म के पश्चात रोहिणी ने उसे गोद में उठाकर सीने से लगा लिया,

"ये मेरा पुत्र है।" उन्होंने कहा।

"हाँ, ये आपका ही है।" देवकी ने कहा।

"रोहिणी, तुम इस पुत्र को लेकर जितना शीघ्र हो सके मथुरा छोड़ दो। जीवित रहे तो हम सब फिर मिलेंगे, किन्तु कंस का विश्वास नहीं है। पता नहीं कल उसका मस्तिष्क किस ओर घूम जाये। वह कल्पनीय या अकल्पनीय कुछ भी कर सकता है।"

"पर मथुरा छोड़कर जाऊँ कहाँ, यह भी तो बतायें।"

"बताता हूँ।" वसुदेव ने कहा, मैंने अक्रूर जी से बात कर ली है। वे बहुत ही सरल और सज्जन व्यक्ति हैं। बाहर जाने पर वे तुम्हारी सहायता करेंगे।"

इसके बाद दूसरे दिन पौ फटने के पूर्व ही रोहिणी बालक को लेकर बाहर निकल गयीं। अक्रूर जी से सम्पर्क हुआ और वे उन्हें बालक सहित सुरक्षित गोकुल में यशोदा और नन्द के पास पहुँचा आये। कृष्ण के बड़े भाई बलराम यही बालक थे।

* * *

कंस मथुरा की गद्दी पर आसीन हो चुका था। उसके आठ भाई और थे, जो सभी उससे छोटे थे। वे थे न्यग्रोध, सुनामा, कंक, शंकु, अजभू, राष्ट्रपाल, युद्धमुष्टि, और सुमुष्टिद। कंस चालाक भी था, शक्तिशाली और क्रूर भी। उसने अपने पिता उग्रसेन के विरुद्ध जाने के पूर्व सेना के कुछ लोगों को भी अपने साथ मिला लिया था। अतः उसके भाई खुलकर उसका विरोध करने का साहस नहीं कर सके। उनमें

अपने माता पिता के प्रति आदर और प्रेम की भावना थी। वे कंस की भाँति दुष्ट भी नहीं थे। संभवतः कंस और उसके भाइयों के स्वभाव के इस अन्तर में कंस के जन्म में होनी वाली घटनाओं का भी असर रहा होगा।

माता पवनरेखा और पिता उग्रसेन के कारागार में बन्द होने से ये भाई व्यथित थे और समय पर उनसे मिलकर उनकी देखभाल करना चाहते थे, किन्तु उनसे मिलने की अनुमति किसी को भी नहीं थी, इन भाइयों को भी नहीं। अतः उन्होंने सामूहिक रूप से कंस से मिलकर उन्हें माता पिता से समय समय पर मिलने की अनुमति लेने का निश्चय किया। वे सब इकट्ठे हुए तो सुनामा ने कहा,

"इस कार्य के लिये हमें कंस से कहाँ निवेदन करना चाहिये, व्यक्तिगत रूप से या दरबार में?"

"यह हमारी घरेलू बात है, तो स्वाभाविक ही हमें इसके लिये कंस से व्यक्तिगत रूप में ही निवेदन करना चाहिये।" न्यग्रोध ने कहा। इस पर सभी की सहमति हुई और फिर न्यग्रोध ने कंस से मिलने के कई प्रयास किये, किन्तु हर बार व्यस्तता का बहाना करते हुये कंस ने उन्हें मिलने का अवसर ही नहीं दिया।

"अब हम क्या करेंगे भ्राता?" सुनामा ने न्यग्रोध से कहा, "कंस हमें मिलने का अवसर ही नहीं दे रहा है।"

"दरबार में निवेदन करेंगे।"

"व्यक्तिगत बातों को दरबार में उठाना उचित रहेगा?"

"अन्य कोई विकल्प ही हमारे पास कहाँ है।"

इसके बाद एक दिन जब दरबार लगा हुआ था।

"भ्राता, हम चाहते हैं कि हमें समय समय पर माता पिता से मिलने की अनुमति दी जाय, ताकि हम उनकी कुछ देखभाल कर सकें।" न्यग्रोध ने कहा। जिन लोगों को कैद करके कंस सिंहासन पर बैठा था इस तरह भरे दरबार में उनकी बात कंस को बिलकुल भी अच्छी नहीं लगी।

"तुम लोगों को उसकी चिन्ता करने की आवश्यकता नहीं है, उनकी उचित देखभाल हो रही है।" कंस ने कहा।

"किन्तु फिर भी क्या यह उचित नहीं होगा कि हम भी समय समय पर उनके दर्शन कर सकें।"

कंस को अपने भाइयों से पहले ही प्रेम नहीं था। अब पिता से गद्दी छीनने के बाद से वह अपने विरुद्ध किसी षड़यंत्र की आशंका से भी त्रस्त रहने लगा था। इस तरह की परिस्थितियों में महल के भीतर के करीबी लोगों और विशेषकर भाइयों से यह आशंका अधिक ही रहती है। अब भाइयों के इस प्रस्ताव ने उसकी इस आशंका

को हवा दे दी।

कंस अपने मुख पर कठोरता के भाव ले आया।

“न्यग्रोध, भविष्य में एक बात का ध्यान रखना।” उसने कहा।

“क्या?”

“राजा जब तक राजा है, तब तक वह किसी का सम्बन्धी नहीं होता।”

“अर्थात?”

“अर्थात, दरबार में राजा के लिये एक ही सम्बोधन होता है। जो गद्दी पर बैठा है वह किसी का भाई या कोई रिश्तेदार नहीं होता।

“समझ गया, महाराज। आगे से ऐसी भूल नहीं होगी, किन्तु हमारी उस प्रार्थना का क्या हुआ?”

इस प्रश्न का उत्तर न देकर कंस दरबार की दूसरी बातों में व्यस्त हो गया। कुछ देर बाद कंस ने देखा, न्यग्रोध अभी भी अपने प्रश्न के उत्तर की प्रतीक्षा में खड़ा हुआ था।

“बैठ जाओ।” कंस ने रूखेपन से उसकी ओर एक उड़ती सी दृष्टि डालते हुए उँगली से बैठने का संकेत किया।

न्यग्रोध बैठ गया, किन्तु इस घटना से कंस और उसे भाइयों के मध्य दूरी और बढ़ गयी। भाइयों ने स्वयं को अपमानित अनुभव किया और सम्भवतः कंस का उद्देश्य उन्हें अपमानित करने का था भी। पर, इसके परिणाम-स्वरूप जहाँ एक ओर ये भाई जब भी अवसर मिले मथुरा के आमजन को कंस के शासन के विरुद्ध भड़काने का कार्य करने लगे और वहीं दूसरी ओर कंस ने भी अपने गुप्तचरों को इनकी गतिविधियों पर कड़ी दृष्टि रखने का कार्य भी सौंप दिया।

६. असन्तोष के चलते

देवकी का आठवाँ पुत्र कंस को मारने वाला होगा, यह बात मथुरा में सार्वजनिक हो चुकी थी। एक दिन न्यग्रोध के कहने से कंस के सभी भाई एक गुप्त स्थान पर, एकत्रित हुये।

"यदि हम बुआ देवकी के शेष पुत्रों को बचा सकें तो हमें इस दुष्ट और अत्याचारी कंस के शासन से ही मुक्ति नहीं मिलेगी, अपितु हमारे माता, पिता और निर्दोष बुआ देवकी और फूफा वसुदेव को भी कारागार से मुक्ति मिल सकेगी।" न्यग्रोध ने कहा।

"बुआ देवकी के इस आठवें पुत्र को मारने के बाद कंस को उनसे कोई खतरा शेष नहीं रहेगा, अतः हो सकता है वह इसके बाद उन्हें कारगार से मुक्त भी कर दे, किन्तु हमारे माता पिता को तो वह जीवन भर खुली हवा में साँस नहीं लेने देगा, यह तो निश्चित ही है।" सुनाभा ने कहा।

"सच है।" समुष्टिय ने कहा।

"फिर?" एक अन्य भाई ने प्रश्न किया।

"हमें बुआ देवकी के आठवें बालक को बचाने का कुछ उपाय सोचना पड़ेगा।" न्यग्रोध ने कहा।

"यदि हम उनको कैद में रखने वाले पहरेदारों को मिला सकें तो सम्भव है, हम आगे भी कुछ कर सकें।" समुष्टिद ने कहा।

"हाँ, किन्तु सारे पहरेदारों को मिला पाना बड़ा कार्य है और फिर यह भी सम्भव है कि हमसे मिलने के बाद भी किसी बड़े पुरस्कार के लालच में कोई पहरेदार कंस से मिल जाये और हम सभी मुसीबत में पड़ जाएँ।" न्यग्रोध ने कहा।

"हाँ, इसकी सम्भावना तो है, किन्तु किसी भी बड़े कार्य में खतरे की सम्भावना तो रहती ही है।" सुनामा ने कहा।

"सत्य है किन्तु, अब इस कार्य का बीड़ा कौन उठायेगा?" न्यग्रोध ने पूछा।

“मैं, मैं इस कार्य का बीड़ा उठाता हूँ।” समुष्टिद ने कहा।

“ठीक है।”

इसके बाद देवकी और वसुदेव के पहरे पर रहने वाले पहरेदारों पर समुष्टिद ने दूर से ही दृष्टि रखना प्रारम्भ कर दिया और एक दिन उनमें से एक पहरेदार जब अपनी पारी समाप्त होने के बाद घर जा रहा था, उसे रास्ते में एक व्यक्ति मिला,

“नायक जी राम राम।” उसने पहरेदार से कहा।

“राम राम।”

“कहीं से पाली पूरी कर के आ रहे हैं।”

“हाँ।”

“यहीं कहीं रहते हैं क्या?”

पहरेदार ने शंका भरी दृष्टि से उसकी ओर देखा।

“नहीं, मैं भी यहीं पास के गाँव में रहता हूँ, इसीलिये पूछा।” व्यक्ति ने कहा।

पहरेदार ने इसका भी कोई उत्तर नहीं दिया और कुछ दूर तक साथ चलने के बाद वह व्यक्ति उसे पुनः राम राम करके एक ओर हो गया, किन्तु उसके बाद लगभग हर एक दो दिन बाद, वह उस पहरेदार को उसके मार्ग में मिलने लगा, और फिर धीरे धीरे उससे कुछ मित्रता स्थापित करने में सफल भी हो गया और फिर एक दिन,

“बड़ी कठिन सेवा है आपकी।” उस व्यक्ति ने पहरेदार से कहा।

“हाँ, करनी पड़ती है, पेट के लिये।”

“गुजारा तो आराम से हो जाता है न?”

“हाँ, बस किसी तरह हो ही जाता है।”

अब उस व्यक्ति ने अपने पास से पाँच स्वर्ण मुद्रायें निकालीं और उन्हें पहरेदार की ओर बढ़ाते हुये कहा,

“इन्हें रख लीजिये, काम आयेंगी।”

स्वर्ण मुद्रायें देख कर पहरेदार की आँखों में कुछ लालच और कुछ आश्चर्य का भाव आ गया।

“पर ये आप मुझे क्यों दे रहे हैं?” उसने कहा।

“एक मित्र को दूसरे मित्र की भेंट समझिये और कृपया मना मत कीजियेगा।”

“अब आप इतना आग्रह कर रहे हैं तो रख लेता हूँ।” यह कहकर पहरेदार ने वे मुद्रायें अपने पास रख लीं। पर ऐसा केवल एक बार ही नहीं हुआ, इसके बाद वह व्यक्ति पहरेदार को समय समय कुछ न कुछ स्वर्ण मुद्रायें देने लगा। ऐसा लगभग

दो माह तक चला । इस बीच वह व्यक्ति उसे लगभग एक सौ स्वर्ण मुद्रायें दे चुका था और उसे लगने लगा था कि पहरेदार स्वर्ण मुद्राओं के लालच में फँस चुका है तो उसने एक दिन उससे कहा,

"नायक जी एक बात बतायें ।"

"क्या ?"

"यदि आपको एक साथ ही पाँच सहस्त्र स्वर्ण मुद्रायें मिल जायें तो ?"

"पाँच सहस्त्र स्वर्ण मुद्रायें ?"

"हाँ, पाँच सहस्त्र स्वर्ण मुद्रायें ।"

"पर इतनी स्वर्ण मुद्रायें मुझे देगा कौन ?"

"कोई दे, पर मान लीजिये मिल जायें तो ?"

"तो मेरा तो जीवन ही बदल जायेगा ।"

"तो मैं दूँगा आपको ये स्वर्ण मुद्रायें ।"

"पर क्यो ?"

"बस एक छोटा सा कार्य है, किन्तु पहले ये बताइये कि आपको ये कंस का शासन अच्छा लग रहा है या महाराज उग्रसेन का शासन अच्छा था ?"

"अरे महाराज उग्रसेन के शासन से इस शासन की क्या बराबरी, उस समय सब सुखी थे और सम्मान से रहते थे । अब तो पूरी मथुरा में दुष्टता का ही बोलबाला रह गया है । सज्जन व्यक्ति को तो अपना सम्मान बचाना भी कठिन हो गया है ।"

"आपको लगता है कि इस शासन के स्थान पर पुनः महाराज उग्रसेन का शासन आना चाहिये ?"

"अरे मुझे लगने से क्या होता । वह शासन अब लायेगा कौन ? स्वयं महाराज उग्रसेन ओर महारानी पवनरेखा तो कारगार में हैं ।"

"आप.....,आप यह कर सकते हैं ।"

"किन्तु मैं तो एक साधारण सा राज्य कर्मचारी हूँ, मैं यह कैसे कर सकता हूँ ?"

"शतरंज के खेल में प्यादा भी कभी वजीर बन सकता है न ?"

"हाँ, पर वह तो खेल है ।"

"सोचकर देखियेगा । हमारा जीवन भी इससे अधिक क्या है ? उस व्यक्ति ने कहा और फिर बोला,

"अच्छा आज्ञा दीजिये, कल फिर भेंट होगी, तब तक मेरे प्रस्ताव पर विचार कर लीजियेगा ।"

7. प्रणम्य

इस प्रस्ताव के बाद उस पहरेदार के अगले चौबीस घण्टे बड़े ही मानसिक-द्वन्द्व में बीते । महाराज उग्रसेन और महारानी पवनरेखा के प्रति सद्भावनायें और सम्वेदना मथुरा की अधिकांश जनता की भाँति ही उसमें थीं और फिर यहाँ तो पाँच सहस्र स्वर्ण मुद्राओं का लालच भी सामने था । दूसरे दिन अपनी पाली समाप्त होने के बाद घर जाते समय निश्चित स्थान पर वह व्यक्ति फिर मिला ।

"राम राम नायक जी ।" उसने पास आते ही कहा ।

"राम राम ।"

"क्या निश्चय किया आपने ?"

"करना क्या होगा ?"

"जिस दिन देवकी के अगले पुत्र का जन्म होगा उस रात्रि में सोने का नाटक, ताकि यदि वसुदेव अपने उस पुत्र के प्राण बचाने के लिये कुछ करना चाहें तो कर सकें ।"

"किन्तु वहाँ मैं अकेला तो होता नहीं हूँ, अन्य पहरेदार भी तो होंगे ।"

"हाँ, उस दिन के लिये मैं आपको मेवों से भरे कुछ लड्डू दूँगा । आप उन्हें ये लड्डू कुछ भी कह कर खिला दीजियेगा । उससे वे रात्रि भर सोते रहेंगे ।"

"और इस बीच बच्चे को बचाने के लिये वसुदेव जी क्या करेंगे ?"

"यह मुझे नहीं पता, पर उन्हें इसके लिये एक छोटा सा अवसर तो मिल ही जायेगा ।"

"अच्छा मान लीजिये वसुदेव जी बच्चे को कहीं हटाने में सफल हो गये तो सुबह जब कंस आकर पूछेगा कि बच्चा कहा गया, तो हम लोग क्या उत्तर देंगे ।"

"नायक जी, एक सन्त ने जो भविष्यवाणी की थी कि देवकी का आठवाँ पुत्र कंस का काल बनेगा, आप को उस पर विश्वास है ?"

"मुझे हो न हो कंस को तो है ही, अन्यथा वह इतनी क्रूरता पर न उतरता।"

"उसे तो होगा ही, पर आपको उस पर विश्वास है या नहीं?"

"हाँ, सन्त की वाणी है, तो सत्य ही होगी।"

"फिर तो आपको ईश्वर पर भी विश्वास होगा?"

"अरे ईश्वर पर किसे विश्वास नहीं होगा?"

"और आपको यह भी लगता है कि महाराज उग्रसेन, महारानी पवनरेखा, देवकी और वसुदेव जी के साथ अत्याचार हो रहा है और इन सबसे और कंस के अत्याचारी शासन से मथुरा की जनता दुखी भी है और त्रस्त भी?"

"हाँ।"

"तो सुबह जब कंस पूछे तो ईश्वर का नाम लेकर कह दीजियेगा कि हमें क्या पता? हम तो बाहर थे। भीतर क्या हुआ, हमें नहीं पता।"

"झूठ बोलना होगा?"

"जीवन में कभी कभी झूठ सत्य से अधिक उत्तम होता है।"

पहरेदार यह सुनकर कुछ सोच में पड़ गया, फिर कुछ देर बाद बोला

"यह तो आप सत्य कह रहे हैं।"

"तो देवी देवता जैसे महारानी, महाराज और निर्दोष देवकी और वसुदेव को इस अत्याचार से मुक्ति दिलाने और मथुरा की जनता की भलाई करने की बात सामने रखकर सोचिये और फिर निर्णय कीजिये।"

पहरेदार इस बात पर पुनः मौन हो गया।

"हम अपना कार्य ही तो कर सकते हैं, शेष तो ईश्वर पर ही छोड़ना पड़ता है और आपने अभी कहा कि आप ईश्वर पर विश्वास करते हैं।" व्यक्ति ने आगे कहा।

पहरेदार अभी भी विचारों में खोया हुआ ही था, उसने कोई उत्तर नहीं दिया।

"एक बात और सोचियेगा नायक जी। यदि सन्त की वाणी के अनुसार वह बालक सचमुच कंस का काल बनकर आया है, तो वह किसी न किसी तरह बच तो जायेगा ही।"

"हाँ।" अब पहरेदार ने एक छोटी सी 'हाँ' की।

"तो एक बालक के प्राण बचाने के ईश्वरीय कार्य में आपकी भी कोई भूमिका रहती है, तो क्या आपका यह कार्य यह इस मानव जीवन को कृतार्थ करने वाला कार्य नहीं होगा?"

पहरेदार अभी भी मौन था, पर कुछ देर बाद उसने उस व्यक्ति का हाथ अपने हाथ में लिया और बोला,

"आप ठीक कहते हैं। मैं यह कार्य करूँगा पर मैं इसके लिये आपसे कोई स्वर्ण-मुद्रा नहीं लूँगा। देने वाला तो वही एक है, और मैं इसे उसका कार्य समझ कर ही करूँगा।" पहरेदार ने आसमान की ओर इंगित करते हुये कहा।

व्यक्ति ने देखा, पहरेदार की आँखें नम हो आयी थीं। उसने पहरेदार के कन्धे पर अपनी बाँह रखकर अपने निकट किया, और

"मित्र, यह तो आप मेरे साथ अन्याय करेंगे। अभी आपने कहा कि देने वाला तो वही एक है तो फिर इसी बात पर विश्वास करके मेरी यह छोटी सी भेंट स्वीकार कीजिये। उसकी इच्छा रही होगी, तभी तो मैं आपको ये स्वर्ण मुद्रायें दे रहा हूँ, अन्यथा शायद मेरा और आपका यह मिलन ही नहीं होता।" उस व्यक्ति ने कहा।

बहुत समझाने बुझाने के बाद भी पहरेदार इस कार्य के लिये कोई स्वर्ण-मुद्रा लेने के लिये सहमत नहीं हुआ।

"अब तक जो ले चुका हूँ, लेना तो वह भी नहीं चाहिए था।" उसने कहा।

* * *

प्राचीनकाल में ब्रजक्षेत्र में एक राजा देवमणि हुये थे। पार्जन्य उनके बड़े बेटे थे। देवमणि ने उनको महावन का राज्य दिया था। कृष्ण जी के पालक पिता नन्द जी इन्हीं के पुत्र थे। नन्द जी रिश्ते में वसुदेव जी के भाई लगते थे और गोकुल में रहते थे। उनकी पत्नी यशोदा थीं जो पद्मावती और गिरिभानु की पुत्री थीं। कहते हैं कि यशोदा पूर्व जन्म की कैकेयी थीं और इस बार भगवान उनकी गोद में ही खेलें इस कामना के कारण ही उन्होंने यह जन्म लिया था।

* * *

देवकी आठवीं बार गर्भवती हो चुकी थीं।

"एक बार पुनः हमें उसी क्रूरता के साथ अपने बच्चे का वध देखना पड़ेगा।" देवकी ने वसुदेव से कहा और रो पड़ीं।

"मत रो देवकी।" वसुदेव ने उनकी पीठ पर, हाथ रखते हुये कहा।"

"कैसे न रोऊँ? पत्थर तो नहीं हूँ, और फिर इस बार तो उसके प्राणों की रक्षा के लिये रोहिणी जैसा भी कोई नहीं है।"

"तुम्हारे इस तरह दुःखी रहने का गर्भ के उस बालक पर बहुत नकारात्मक

   राधा, कृष्ण और समय के पद चिन्ह

प्रभाव पड़ेगा यह भी तो सोचो।"

"सकारात्मक प्रभाव डालकर भी क्या होगा? कंस की क्रूरता तो उसे झेलनी ही पड़ेगी।"

"अच्छा देवकी एक बात सोचो।"

"क्या?"

"उस सन्त ने तो यह कहा था कि हमारा आठवाँ पुत्र कंस का काल होगा।"

"हाँ।"

"तो यदि वही नहीं रहेगा तब तो वह भविष्यवाणी झूठी ही सिद्ध हो जायेगी।"

"हाँ, सच कह रहे हैं; अर्थात हमारे इस पुत्र के बचने की आशा है।" देवकी ने कहा। इसके साथ ही उनकी भीगी आँखों में भी चमक सी आ गयी।

"हाँ, कम से कम उस भविष्यवाणी से तो यही अर्थ निकलता है।"

"फिर?" देवकी की आँखों की चमक बढ़ गयी थी।

"मैंने सोचा है कि इस बार हम पूर्व की भाँति हाथ पर हाथ रख कर बैठे नहीं रहेंगे, अपने बच्चे के प्राण बचाने का पूरा प्रयास करेंगे भले ही इसमें हमारे अपने प्राणों पर ही संकट आ जाये।"

"क्या करना होगा?"

"थोड़ा सोचने दो, आशा रखो और बहुत दुःखी मत रहो, ताकि हमारा ये पुत्र किसी भी नकारात्मक प्रभाव से बचा रहे।"

"ठीक है, प्रयास करती हूँ।" कह कर देवकी सप्रयास थोडा सा मुस्करायीं।

इस बातचीत के बाद अगले दिन ही देवकी ने वसुदेव से पूछा,

"कोई उपाय सूझा क्या?"

"हाँ, मैंने सोच लिया है।"

"क्या?"

"यमुना के उस पार गोकुल में, जिनके पास अक्रूर जी ने रोहिणी और तुम्हारे पिछले पुत्र को पहुँचाया है, वे नन्द जी मेरे रिश्ते के भाई हैं। उनकी पत्नी यशोदा भी बहुत ममतामयी, सरल और सात्विक विचारों की महिला है और फिर रोहिणी भी तो वहाँ है। मैं इस बालक को उन तक पहुँचा दूँगाऔर मुझे विश्वास है कि वे इसका भली भाँति लालन पालन करेंगे।"

"किन्तु कैसे, बाहर इतना पहरा है, और फिर बच्चे के जन्म की सूचना मिलते ही कंस आ ही जायेगा।"

"देखेंगे। बच्चा यदि रात्रि में पैदा हुआ तब तो बहुत अच्छा और यदि दिन में हुआ तो भी, यदि हम दिन भर बालक के जन्म को छिपा ले गये तो रात्रि में उसे लेकर निकलने का प्रयास करूँगा। मैं अपना कार्य करूँगा। शेष ईश्वर की इच्छा।"

यह सुनकर देवकी ने मन ही मन ईश्वर का स्मरण किया हाथ जोड़े और प्रार्थना की,

"हे ईश्वर हमारे जीवन में प्रकाश फैलाने के लिये इस बालक को किसी अँधेरी रात में ही भेजना।"

राधा, कृष्ण और समय के पद चिन्ह

8. प्राक्ट्य

पौराणिक काल में एक राजा थे नृग। नृग के पुत्र थे सुचन्द्र। उसी समय कन्नौज में भलन्दन नाम के एक राजा थे। उनके तीन कन्यायें थीं, कलावती, रत्नमाला और मेनका। कलावती का विवाह राजा नृग के पुत्र सुचन्द्र से हुआ था। सुचन्द्र बहुत ही धार्मिक प्रवृत्ति और ईश्वर भक्त थे। उन्होंने अपना राज्य त्यागकर गोमती के तट पर स्थित एक वन में अपना आश्रम बनाया और पत्नी कलावती के साथ ईश्वर की तपस्या में रत रहने लगे। उनकी तपस्या से प्रसन्न होकर ईश्वर ने उन्हें वर दिया कि कालान्तर में जब भगवान विष्णु धरती पर अपनी सोलहों कलाओं के साथ कृष्ण के रूप में जन्म लेंगे तब वे पति-पत्नी वृषभानु और कीर्तिदा के रूप में होंगे और कृष्ण-प्रिया उनकी पुत्री होंगी।

उनका वरदान सत्य हुआ और सुचन्द्र ने ब्रजक्षेत्र में गोकुल के निकट बरसाना में सूरभानु के पुत्र वृषभानु के रूप में जन्म लिया और कीर्तिदा के रूप में जन्मी कलावती से उनका विवाह हुआ। एक बार वृषभानु किसी कार्य से महावन नामक स्थान को गये हुए थे। यह स्थान बरसाने से कई कोस दूर था। उस दिन अनुराधा नक्षत्र में भाद्रपद मास के शुक्ल पक्ष की अष्टमी का सोमवार था। लौटते हुए रावल नाम का एक गाँव पड़ा। दिन चढ़ रहा था। वृषभानु जी थक भी गये थे और उन्हें भूख भी लग रही थी। ईश्वर की कृपा से मौसम बहुत अच्छा हो रहा था। धूप हलकी थी और हवा धीमी और कुछ ठण्डी सी थी।

वृषभानु जी ने एक बड़े से पीपल के वृक्ष के नीचे एक उचित स्थान खोजा। पास ही एक सुन्दर सरोवर था। वे गये, सरोवर के जल से हाथ मुँह धोकर वापस वृक्ष के नीचे आये, भूमि पर कपड़ा बिछाया, अपने साथ लायी भोजन की पोटली खोली और पहला ग्रास ईश्वर के लिये निकाल कर भोजन करने लगे। भोजन समाप्त हुआ तो फिर पानी की आवश्यकता पड़ी। वृषभानु जी सरोवर के पास गये। हाथ मुँह धोया, पानी पिया और उठकर खड़े हुए, तो लगा कुछ देर वृक्ष के नीचे

आराम कर लें फिर बरसाना चलेंगे।

अब भूख भी शान्त हो चुकी थी और मन भी। वृषभानु जी खड़े खड़े सरोवर की शोभा देखने लगे। सरोवर सचमुच बहुत सुन्दर था। दूर-दूर तक जगह जगह पर कमल के फूल खिले हुए थे। कुछ चिड़ियाँ पानी पर तैर रही थीं और कुछ शोर मचाती चारों ओर उड़ रही थीं। वृषभानु जी मुग्ध भाव से प्रकृति की इस शोभा को देख रहे थे, तभी उन्हें तालाब में दूर पर कमल के पौधों के मध्य कुछ हलचल सी दिखाई दी।

वृषभानु जी ध्यान-पूर्वक उधर देखने लगे। उन्हें लगा जैसे वहाँ कुछ विशेष है। उत्सुकता-वश वे तालाब के उस किनारे पर पहुँचे जहाँ से वह स्थान पास था। मध्यान्ह का समय हो रहा था और धूप भी निकल चुकी थी। वृषभानु जी ने देखा तालाब में एक स्थान पर जहाँ पानी कुछ कम गहरा लग रहा था, उस स्थान पर कमल के पूरी तरह खिले हुए पुष्पों का एक झुण्ड है और उसके ऊपर एक नन्हा सा नवजात शिशु हाथ पैर मार रहा है।.... 'ओह, इसलिये ये हलचल हो रही थी,'.... वृषभानु जी ने मन में कहा और तालाब में उतर पड़े। सँभलते हुए वहाँ तक पहुँचे और शिशु को गोद में उठा कर तालाब से निकल आये। बाहर आ कर देखा, वह एक बच्ची थी।

वृषभानु उसे गोद में लिये लिये आवाजें लगाते हुए कुछ देर तक आस पास घूमे। उन्हें लगा रहा था कि हो सकता है, इसके माता या पिता में से कोई यहाँ आस-पास हो, किन्तु कोई सामने नहीं आया, इसके बाद वे काफी देर तक उसी पीपल के पेड़ के नीचे उस बालिका को लिये हुए, बालिका के किसी संरक्षक की प्रतीक्षा करते रहे, किन्तु जब कोई नहीं आया तो वे उस बालिका को लेकर घर चले आये और अपनी पत्नी कीर्तिदा की गोद में डाल दिया।

"ये बच्ची हमें भगवान ने दी है।" कहकर उन्होंने कीर्तिदा को सारा वृत्तान्त सुनाया। इसके बाद दोनों ने उसे अपनी बच्ची के समान पाला। यही राधा थीं।

* * *

वसुदेव जी ने देवकी से कहा था कि अपने इस बार जन्म लेने वाले पुत्र को बचाने के लिये वे अपने प्राणों पर भी खेल कर उसे अपने मित्र नन्द तक पहुँचाने का प्रयास करेंगे। बच्चा यदि रात्रि में पैदा हुआ तो अच्छा रहेगा, पर मुझे तो अपना कार्य तो करना ही है, फिर जैसी ईश्वर की इच्छा। इस पर देवकी ने ईश्वर से प्रार्थना की थी कि 'हे ईश्वर मेरे बच्चे को किसी अँधेरी रात में ही भेजना।' और ईश्वर ने उनकी प्रार्थना सुन ली।

रोहिणी नक्षत्र, बुधवार का दिन और अष्टमी तिथि थी। रात्रि घिर चुकी थी। चन्द्रमा और तारे शान्त और सौम्य आकाश को सजा रहे थे। चारों ओर सन्नाटा छाया हुआ था और पूरी मथुरा नगरी नींद में डूबी हुई थी, किन्तु वसुदेव और देवकी जाग रहे थे। ठीक मध्य रात्रि के समय जिसे शून्य-काल भी कह सकते हैं, देवकी ने एक बालक को जन्म दिया और यह आश्चर्य ही था कि जिस समय स्त्रियाँ प्रसव पीड़ा से छटपटाती हैं, उस समय देवकी एकदम शान्त और किसी भी पीड़ा से मुक्त थीं।

वसुदेव जी ने ईश्वर का स्मरण करते हुये उस बालक को एक वस्त्र में लपेट कर गोद में लिया, और देवकी के लिये 'हे ईश्वर इनकी रक्षा करना' कहते हुये भवन के द्वार पर आ गये। चारों ओर देखा पहरेदारों के सिर झुके हुए थे और वे बैठे बैठे ही सो रहे थे। आकाश काले बादलों ने घेर रखा था। चारों ओर घुप अँधेरा था। हवा शीतल और तीव्र थी। हर ओर घोर सन्नाटा पसरा हुआ था, बस पेड़ों से होकर गुजरती हवाओं का शोर था। वसुदेव जी बहुत सावधानी रखते हुये दबे पाँव वहाँ से निकल गये और शीघ्र ही पहरेदारों से दूर पहुँच गये।

वसुदेव जी को अन्देशा था कि कहीं मार्ग में कोई न मिल जाय या मार्ग में कहीं कुत्ते ही न भौंकने लगें, किन्तु ऐसा कुछ भी नहीं हुआ और वे सकुशल यमुना के किनारे तक पहुँच गये।.... 'यही एक मात्र व्यवधान शेष है, इसके बाद तो फिर इस बालक को कोई खतरा नहीं रहेगा'.... सोचते हुये वे बालक को हाथों में ऊपर उठाकर यमुना में प्रवेश कर गये।

पानी किनारों पर कम था, किन्तु आगे गहरा होता जा रहा था। नवजात बालक बहुत कोमल था। इसलिये वसुदेव जी उसे दोनों हाथों में लिटायी हुयी मुद्रा में सीने से लगाये हुये थे, किन्तु पानी जब उनकी कमर तक पहुँच गया तब उन्होंने बालक को, जिसे नवजात होने के कारण इस तरह से गोद में नहीं लेना चाहिये था, उसे पानी से बचाने के लिये, वसुदेव ने सीधा करके अपने बायें कन्धे से लगा लिया। अब बच्चे का सिर उनके कन्धे पर और पैर नीचे सीने पर हो गये।

इसके बाद वे राम राम करते हुये नदी पार करने लगे। वे नदी के मध्य भाग तक पहुँचे। कि जैसे जैसे वे आगे बढ़ रहे थे पानी भी बढ़ रहा था, किन्तु ईश्वर की दया ही थी, कि ऊपर उठता हुआ पानी बालक के पैरों को भिगोकर ऐसे घटने लगा, जैसे वह बालक के पैर छूने के लिये ही बढ़ रहा हो। वस्तुतः वे नहीं का मध्य भाग पार करचुके थे और कुछ ही देर में वे सकुशल नदी के पार पहुँच गये। अब उन्होंने बच्चे को फिर कन्धे से हटाकर दोनों हाथों की गोद बनाकर लिया और कुछ पलों के लिये नदी की ओर मुख करके खड़े हो गये। बालक के मुख की ओर देखा, फिर नदी की ओर और फिर मन में एक विचार उठा.... 'क्या सचमुच यह बालक औरों

से अलग है और क्या नदी मात्र इसके पैर छूने के लिये ऊपर उठ रही थी'....।
वसुदेव अपने उद्देश्य की सफलता के बहुत नजदीक पहुँच चुके थे। उन्होंने ईश्वर को
धन्यवाद दिया, सन्तोष की साँस ली और गोकुल की ओर चल पड़े।

थोड़ी देर और चलना पड़ा और गोकुल आ गया। वसुदेव जी ने देखा, यहाँ भी
मथुरा की भाँति ही नींद का साम्राज्य था और सर्वत्र सन्नाटा पसरा हुआ था। उन्होंने
नन्द के द्वार तक पहुँच कर बहुत धीरे से द्वार खटखटया।

"कौन?" कहते हुय नन्द ने द्वार खोल दिया। सामने पूरी तरह भीगे और गोद
में एक छोटी सी गठरी सी लिये वसुदेव खड़े थे।

"अरे वसुदेव तुम, इस समय और इस स्थिति में, कैसे?" उन्होंने वसुदेव को
देखकर आश्चर्य से कहा।

"हाँ मैं, भीतर आने दो फिर सब बताऊँगा।" वसुदेव ने कहा।

वसुदेव भीतर पहुँचे तो उन्होंने गोद में ली हुई उस छोटी सी गठरी को एक
बिस्तर पर रखा।

"अरे ये तो नवजात शिशु है।" नन्द ने बच्चे को देखते ही कहा, फिर बोले
"अच्छा, तनिक ठहरो" और वे बच्चे और वसुदेव के लिये सूखे वस्त्र लेकर आये।

"पहले इस बच्चे के और अपने लिये ये सूखे वस्त्र लो फिर बात करेंगे।" उन्होंने
वसुदेव से कहा।

वसुदेव ने बच्चे को सूखे वस्त्रों में किया, स्वयं भी वस्त्र बदले फिर बोले,

"नन्द, मैं बहुत शीघ्रता में हूँ, इस बालक को रख लो और मुझे चलने की
आज्ञा दो। आज से यशोदा और तुम ही इसके माता पिता हो। मुझे सूर्य की एक भी
किरण दिखाई देने के पहले मथुरा पहुँचना है।"

"ठीक है मैं तुम्हें रोक नहीं रहा हूँ, पर जो कुछ मैं देख रहा हूँ उसका कुछ
कारण भी तो बताते जाओ।"

अब वसुदेव ने सारी बात बतायी।

"वसुदेव तुम मेरे चचेरे भाई भी हो और मित्र भी। ठीक है, यहाँ इस बच्चे को
हम अपने सगे बच्चे से भी अधिक प्यार देंगे पर यह तो बताओं कि कल जब कंस
तुमसे पूछेगा कि तुम्हारा नवजात शिशु कहाँ है तो क्या उत्तर दोगे?"

"तुम ठीक कह रहे हो नन्द। तब देवकी और मेरे पास कहने के लिये कुछ नहीं
होगा और हो सकता है इस बात पर वह हमारे प्राण ही ले ले, किन्तु फिर भी हमारे
इस बालक के प्राण तो बच जायेंगे न।" कह कर नन्द कुछ सोचने लगे।

"क्या सोच रहे हो?" वसुदेव ने उनसे पूछा।

यही कि हमारे प्राण रहें न रहें बालक के प्राण तो बच जायेंगे।"

राधा, कृष्ण और समय के पद चिन्ह

“एक बात मेरे मस्तिष्क में आ रही है।” नन्द ने कहा।

“क्या?”

“आज ही यशोदा ने एक बच्ची को जन्म दिया है, तुम इस बालक के बदले में उसे ले जाओ, और कंस से कहना कि इस बार ये कन्या ही उत्पन्न हुई है। उसे खतरा तो तुम्हारे पुत्र से है। पुत्री से नहीं। वैसे भी हमारे यहाँ कन्याओं को देवी तो कहा ही जाता है। हो सकता है यह सब सोच कर ही कंस इसे न मारे।”

“किन्तु यह तो यशोदा और तुम्हारे साथ घोर अन्याय होगा और फिर कंस का क्या भरोसा वह कन्या को भी मार सकता है।”

“नहीं, वसुदेव तुम्हारे यहाँ ठीक मध्य रात्रि में शिशु उत्पन्न हुआ, बाहर निकले तो पहरेदार सोते मिले, तुम इस आधी रात में भी यमुना जैसी विशाल नदी बिना नाव के पार करके, निर्विघ्न ही यहाँ तक आ गये और मेरे यहाँ भी आज ही रात्रि में कन्या पैदा हुई है, इतने सारे संयोग बिना ईश्वर की कृपा के नहीं हो सकते।

जो कुछ मेरे मन में इस समय आ रहा है, वह भी सम्भवतः ईश्वर की इच्छा ही होगी। तुम संकोच में मत पड़ो। मैं उस कन्या को ले आता हूँ, तुम उसे लेकर शीघ्र ही अपने स्थान पर पहुँचो।” नन्द ने कहा।

“जैसी ईश्वर की इच्छा।” वसुदेव ने कहा। नन्द ने बालक को अन्दर ले जाकर यशोदा के पास लिटा दिया और कन्या को बाहर ले आये।

“यशोदा ने कुछ नहीं कहा?” वसुदेव ने आश्चर्य से कहा।

“नहीं बच्ची को जन्म के बाद से अभी वह अर्ध-बेहोशी जैसी हालत में है। उसे तो यह भी ठीक से नहीं पता कि उसके लड़का हुआ है या लड़की। पर तुम शीघ्रता करो और यहाँ से निकलो।”

वसुदेव क्या करते, उन्होंने कन्या को गोद में समेटा और अपनी वापसी की यात्रा प्रारम्भ कर दी। सौभाग्य से यह यात्रा भी निर्विघ्न ही पूरी हो गयी और उन्हें अपने आवास पर इस बार भी पहरेदार सोते ही मिले।

सघन तम था

रास्ते सुनसान

लेकिन

मरी नहीं थीं किरणें

सोई हुई थीं बस

* * *

प्रातःकाल होते ही देवकी के शिशु के जन्म का समाचार कंस तक पहुँच गया और कंस बिना समय गँवाये वहाँ आ पहुँचा।

"देवकी कहाँ है वह बालक।" कंस ने आते ही प्रश्न किया।

देवकी उस कन्या को सीने से सटाये हुये लेटी हुई थी।

"वह बालक नहीं है," उन्होंने कहा।

"तो वह क्या है जिसे तुम सीने से सटाये हुये लेटी हो?"

"वह तो बालिका है।"

"बालिका? यह कैसे हुआ, उन सन्त की वाणी का क्या हुआ जिन्होंने कहा था कि तुम्हारा पुत्र मेरा काल बनेगा?" कंस ने आश्चर्य से कहा।

"यह मैं कैसे बता सकती हूँ?"

"अच्छा! इसमें अवश्य ही तुम लोगों की कोई चाल है। बच्चा मुझे दो, कंस ने कहा तो देवकी ने उसे और भी कस कर सीने से चिपटा लिया।

"नहीं, यह तो लड़की है। क्या इसे भी मारोगे?"

"समय का कोई भरोसा नहीं, किसी की मृत्यु का कारण लड़की भी तो बन सकती है।" कहते हुये कंस ने देवकी से बच्ची छीन ली।

"नहीं, कंस ऐसा मत करो।" कहते हुये वसुदेव, कंस की ओर बढ़े तो कंस ने उन्हें धक्का देकर दूर कर दिया और बच्ची को भूमि पर पटकने के लिये ऊँचे उठाया। आगे होने वाले वीभत्स काण्ड की कल्पना में देवकी और वसुदेव ने नेत्र बन्द कर लिये। इस स्थिति में भी उन्हें लग रहा था कि शीघ्र ही उन्हें बच्ची की चीखें सुनाई देगी, किन्तु ऐसा कुछ भी नहीं हुआ तो कुछ देर बाद उन्होंने नेत्र खोले। आश्चर्य में हुआ कंस खाली हाथ खड़ा था और बच्ची कहीं भी नहीं थी।

"क्या हुआ कंस? बच्ची का क्या किया?" देवकी ने आश्चर्य और दुख से पूछा।

"पता नहीं मेरे हाथ से छूटते ही वह हवा में विलीन हो गयी लगती है।" कंस ने कहा। वह सोच ही रहा था कि....'यह सब कुछ सत्य था या स्वप्न'....तभी हवा में खनखनाती सी एक आवाज सुनायी दी,

"तू मुझे क्या मारेगा कंस, पर हाँ, तेरा मारने वाला तो गोकुल में पैदा हो चुका है।"

"क्या....?" कंस ने कहा, और उसका मुख आश्चर्य से खुला का खुला ही रह गया। कुछ देर तक वह वैसे ही किंकर्त्तव्य-विमूढ़ सा खड़ा रहा और फिर....'यह सब कुछ क्या था'....सोचता हुआ वहाँ से चला गया।

✳

राधा, कृष्ण और समय के पद चिन्ह

९. काल को निमंत्रण

चेदि के यादव वंश का राजा शिशुपाल कंस का घनिष्ट मित्र था। इसके अतिरिक्त धृतराष्ट्र के पुत्र दुर्योधन और असम के राजा भगदन्त से भी कंस की अच्छी मित्रता हो गयी थी। एक दिन जब कंस अपने दरबार में बैठा हुआ था, तभी मगध के राजा जरासन्ध का दूत उसके सम्मुख उपस्थित हुआ। वह अपने साथ कई बहुमूल्य उपहार भी लाया था।

"महाराज की जय हो।" दूत ने कहा।

"कहो।" कंस ने कहा।

"मैं मगधपति का एक सन्देश लेकर उपस्थित हुआ हूँ।

"कहो, क्या सन्देश है?"

"मगधपति महाराज जरासन्ध ने आपके साथ अपनी दोनों पुत्रियों 'अस्ति' और 'प्रस्ति' के विवाह का प्रस्ताव भेजा है।"

'मगध बहुत बड़ा साम्राज्य है और जरासन्ध उसका प्रतापी शासक। इस विवाह से मेरी शक्ति अवश्य ही बहुत बढ़ जायेगी,'..... कंस ने सोचा।

"हमें यह प्रस्ताव सहर्ष स्वीकार है।" कंस ने कहा और जरासन्ध के भेजे उपहारों को स्वीकार करते हुए अपनी ओर से बहुत से बहुमूल्य उपहारों के साथ दूत को विदा किया।

मगध और अन्य राज्यों से सम्बन्धों के कारण कंस की शक्ति बहुत बढ़ गयी थी, किन्तु कृष्ण का भय उसका पीछा नहीं छोड़ रहा था। कृष्ण को मरवाने के लिये वह पूतना समेत कई अन्य मायावी राक्षसों को भी भेज चुका था, किन्तु सफल नहीं हो पाया था। अतः एक दिन कंस ने यह समस्या अपने बहुत विश्वस्त मंत्रियों के सम्मुख रखी।

"हमने कृष्ण को मरवाने के कई प्रयास करके देख लिये, किन्तु अभी तक

सफलता हमारे पाले में नहीं आ सकी है," उसने इस सभा में कहा।

"कृष्ण मायावी है, और सम्भवतः इन उपायों से हम उसे नहीं मरवा सकेंगे।" एक मंत्री ने कहा।

"हाँ, मुझे भी यही लगता है, हमें किसी अन्य उपाय पर कार्य करना पड़ेगा।" कंस ने कहा।

"निश्चय ही।" सभा में एक स्वर और उभरा।

"तो सोचकर बताएँ कि वह दूसरा उपाय क्या हो सकता?" कंस ने कहा।

कंस की इस बात पर सभा में शान्ति छा गयी। लोग एक दूसरे से धीमे धीमे स्वरों में, जिसे खुसर-फुसर भी कह सकते हैं, आपस में सलाह करने लगे। कुछ देर बाद भी जब कोई प्रस्ताव सामने नहीं आया तो कंस ने कहा,

"क्या बात है आप लोग कुछ बोलते क्यों नहीं?"

तभी एक मंत्री ने कहा,

"महाराज, मुझे एक उपाय सूझ रहा है।"

"कहें और निःसंकोच कहें," कंस ने कहा।

"मुझे लगता है कि उसे किसी बहाने से यहीं बुला लिया जाय, फिर हमारे पास चाणूर और मुष्टिक जैसे बहादुर मल्ल और दूसरे कई वीर योद्धा हैं जो यहाँ सरलता से उसे मृत्यु तक पहुँचा सकेंगे।"

'हूँ....।' कंस ने एक लम्बा सा 'हूँ' किया और कुछ सोचने लगा। कुछ देर बाद उसने अपना मौन तोड़ा।

"क्या अन्य लोग भी इस बात से सहमत हैं?" उसने सभा से पूछा, किन्तु उसके पूछने पर ऐसा लग रहा है जैसे उसे यह प्रस्ताव ठीक ही लग रहा है। उपस्थित मंत्रियों ने उसके मन का अनुमान लगाया, कुछ देर फिर आपस में खुसुर-फुसुर सी हुई और फिर एक मंत्री ने कहा,

"यह उपाय ठीक तो लगता है, फिर भी महाराज जो भी निर्णय लेंगे वही उचित होगा।"

"हम किसी बहाने से उसे यहाँ बुला लें, यह उपाय मुझे भी ठीक ही लग रहा है।" कंस ने कहा।

"उचित है।" सभा में समवेत स्वर उठा।

"तो ठीक है। अब प्रश्न यह है कि उसे बुलाने किसे भेजा जाय, क्योंकि वह व्यक्ति ऐसा होना चाहिये जिस पर विश्वास करके, वह उसके साथ चला ही आये, अन्यथा कोई सन्देह होने पर हो सकता है कि वह आने से इनकार ही कर दे।"

सभा में एक बार पुनः आपस में धीरे धीरे मंत्रणा होने लगी। कोई भी इस कार्य के लिये स्वयं नहीं जाना चाहता था।

"अक्रूर जी कैसे रहेंगे? वे रिश्ते में कृष्ण के चाचा भी लगते हैं और उनकी छवि भी एक भद्र पुरुष की है।" कुछ पलों बाद कंस ने स्वयं कहा। अक्रूर जी इस सभा में नहीं बुलाये गये थे।

"उचित है महाराज।" सभा में एक बार पुनः समवेत स्वर उठा।

* * *

दूसरे दिन दरबार उठने के बाद कंस ने अक्रूर जी को रोक लिया,

"आप रुकें, आपसे कुछ विशेष बात करनी है।" कंस ने उनसे कहा।

"महाराज, आज्ञा करें।"

"हमने यहाँ मथुरा में एक विशाल यज्ञ का आयोजन करने का निश्चय किया है।"

"महाराज का यह विचार बहुत उत्तम है।"

"हम चाहते हैं कि इस यज्ञ में हमारे भाँजे कृष्ण और बलराम भी सम्मिलित हों।"

सुनकर अक्रूर जी को आश्चर्य हुआ, पर प्रकट नहीं कर सके। बोले,

"आप महाराज हैं।"

कंस, अक्रूर जी से अपनी बात का अनुमोदन चाहता था। उसे अक्रूर जी का यह उत्तर अच्छा नहीं लगा। पर इस समय उसे अपना काम निकालना था अतः उसने कहा।

"आप तो उनके चाचा लगते हैं, आप ही जायें और प्रेम-पूर्वक उन्हें यहाँ ले आयें।"

अब यह अक्रूर जी के लिये एक और बड़ा आश्चर्य था।

"कब जाना होगा?" उन्होंने पूछा

"शीघ्रातिशीघ्र। उचित होगा कि इस कार्य के लिये आप कल ही प्रस्थान कर जायें।"

"जी।"

कुछ सोच में डूबे हुये से अक्रूर जी घर पहुँचे तो पत्नी उग्रसेना ने उनके मुख को

देख कर ही अनुमान लगा लिया कि पतिदेव अवश्य ही किसी चिन्ता में हैं।

कुछ देर बाद जब अक्रूर जी थोड़ा सामान्य दिखे, तो उग्रसेना ने कहा, "आप कुछ चिन्तित से लग रहे हैं।"

"कंस ने मुझसे कृष्ण और बलराम को गोकुल से मथुरा ले आने के लिये कहा है। वह किसी यज्ञ का आयोजन कर रहा है।"

"कैसा यज्ञ?"

"यज्ञ तो क्या होगा, मेरे विचार से वह तो एक बहाना मात्र होगा। उसके कुटिल मस्तिष्क में अवश्य ही कोई दुष्टतापूर्ण योजना होगी, जिसके कारण वह उन बालकों को यहाँ बुलाना चाहता है।"

"क्या आपको लगता है यहाँ आने पर उनके साथ कुछ अप्रिय घट सकता है?"

"उनके साथ तो क्या अप्रिय घटेगा? उनके सम्बन्ध में अभी तक जो कुछ सुना है उससे मुझे तो वे ईश्वर का अंश ही लगते हैं, किन्तु हाँ यदि कंस ने उनके साथ किसी भी तरह की कुचेष्टा करने का प्रयास किया तो उसके साथ अवश्य कुछ न कुछ अप्रिय घटित हो सकता है।"

यह सुनकर उग्रसेना को हँसी आ गयी।

"तो फिर सोच क्या रहे हैं?" उन्होंने पूछा।

"मुझे लगता है कि उनके यहाँ आने के बाद इस मथुरा में अवश्य ही कोई बड़ा परिवर्तन आयेगा।"

"सकारात्मक या नकारात्मक?"

"जहाँ कृष्ण और बलराम हों वहाँ किसी तरह की नकारात्मकता की बात की कल्पना भी मैं नहीं कर सकता। यह परिवर्तन निश्चित रूप से सकारात्मक ही होगा।"

"प्रस्थान कब करेंगे?"

"कल भोर में ही। उनके दर्शनों का सौभाग्य जितना शीघ्र मिले उतना अच्छा है।"

राधा, कृष्ण और समय के पद चिन्ह

10. भावनाओं के रंग

दूसरे दिन भोर होते ही अक्रूर जी का रथ मथुरा से गोकुल के लिये चल पड़ा। रथ में बैठते ही उनके मन में विचार आया,....'मैं कितना भाग्यशाली हूँ कि मुझे श्रीकृष्ण के दर्शनों का ही नहीं रथ में, उनके निकट बैठने का भी सौभाग्य मिलेगा'।....मन में आये इस विचार ने उन्हें प्रसन्नता से ही नहीं भर दिया, रोमांचित भी कर दिया।

दोपहर ढल चुकी थी और मथुरा से चलकर अक्रूर जी का रथ गोकुल के किनारे तक पहुँच चुका था। अक्रूर जी ने रथ रुकवाया। अपने पैरों में पहनी हुई पादुकायें उतारीं। गोकुल की ओर मुख करके खड़े हुए। प्रणाम की मुद्रा में हाथ जोड़े, झुक कर भूमि की मिट्टी उठाकर मस्तक पर लगायी और नंगे पाँव पैदल ही चल पड़े।

"भगवन, आप इस तरह पैदल क्यों चल पड़े हैं?" रथ के सारथी ने उनसे विनम्रता पूर्वक पूछा, "रथ में क्यों नहीं बैठ जाते?"

उसका प्रश्न सुनकर अक्रूर जी, कुछ गम्भीर हुए, फिर मुस्कराये,

"जिस भूमि पर श्रीकृष्ण के चरण पड़े हों, वे जहाँ खेले हों, लीलायें की हों, उस भूमि पर लोटना भी परम सौभाग्य की बात होगी, जो मैं संकोचवश नहीं कर पा रहा हूँ, किन्तु वहाँ रथ पर चढ़कर प्रवेश करना मेरे लिये सम्भव नहीं है। इस तरह नंगे पाँव पैदल चलकर मैं उस पवित्र भूमि के अधिक से अधिक सम्पर्क में रह पा रहा हूँ।"

"और मेरे लिये क्या आदेश है?"

"तुम रथ लेकर पीछे पीछे आओ, क्योंकि वापसी में तो कृष्ण और बलराम स्वयं साथ में होंगे, उनके लिये तो रथ की आवश्यकता पड़ेगी ही।"

अक्रूर जी के गोकुल में, नन्द के घर तक पहुँचते पहुँचते दिन ढलने लगा था।

गोधूलि बेला हो रही थी। नन्द और यशोदा, कृष्ण और बलराम के गौओं के साथ घर वापस लौटने की प्रतीक्षा में घर के बाहर ही बैठे हुए मिल गये। उन्हें देखते ही अक्रूर जी ने झुककर दोनों को प्रणाम किया।

“अरे अक्रूर जी आप।” कहते हुये नन्द ने आगे बढ़कर उनके कन्धे पर हाथ रखते हुये स्नेह प्रदर्शन किया।

“हाँ, मैं।”

“कैसे आना हुआ?” नन्द ने पूछा। इस बीच यशोदा उनके बैठने के लिये आसन ले आयीं।

“बस, एक सन्देश-वाहक के रूप में आया हूँ, किन्तु अपने आप को बहुत सौभाग्यशाली समझता हूँ कि इसी बहाने आपके दर्शनों का सौभाग्य तो मिला।”

“अच्छा अच्छा। आइये विराजिये कुछ जलपान कीजिये, फिर आराम से बातें होंगी। इतनी दूर से आ रहे हैं, थकान लग रही होगी।”

अक्रूर जी ने आसन ग्रहण कर लिया तो नन्द ने प्रश्न किया,

“पर रथ होते हुये भी आप पैदल और वह भी नंगे पाँव आ रहे थे, ऐसा क्यों?”

“भगवान के मन्दिर में कोई रथ पर चढ़कर या पादुकायें पहनकर जाता है क्या?”

“नहीं।”

“तो जिस धरती पर आप और यशोदा जी निवास करते हों, जिस पर कृष्ण और बलराम खेलते, कूदते और लीलायें करते हों, वह तो मेरे लिये मन्दिर से भी बढ़ कर है।”

“अरे, आप हमें इतना सम्मान दे रहे हैं, यह आपका बड़प्पन ही तो है।” नन्द ने कहा, तब तक यशोदा उनके लिये जलपान लेकर आ गयीं।

“लीजिये जलपान कीजिये। गोधूलि-बेला हो रही है, दोनों भाई कृष्ण और बलराम भी आते ही होंगे।” नन्द ने कहा।

“जी।” कह कर अक्रूर जी जलपान ग्रहण करने लगे। उन्होंने जलपान समाप्त ही किया था कि कृष्ण और बलराम गायों के साथ वापस लौटते दिखे। अक्रूर जी मुग्ध भाव से उन्हें देखने लगे। दोनों पास आये तो उन्होंने अक्रूर जी को प्रणाम किया।

“आयुष्मान भवः।” अक्रूर जी ने उन्हें प्रेम से अपने पास खींचते हुये कहा।....‘जिसके जीवन के पीछे कंस जैसा क्रूर शासक पड़ा हो उसके लिये इससे अधिक उपयुक्त आशीर्वाद और क्या हो सकता है,’.... उन्होंने सोचा।

"अच्छा, अब बतायें कैसे कृपा की।" नन्द जी ने उनसे पूछा।

"कंस किसी विशाल यज्ञ का आयोजन कर रहा है।"

"कंस और यज्ञ?" नन्द जी ने कहा। वाणी में आश्चर्य के साथ ही व्यंग्य का भी हलका सा पुट था।

"आपको आश्चर्य लग रहा है न?"

"हाँ, थोड़ी आश्चर्य की बात तो है ही, किन्तु वह कंस है, अवसर के अनुसार कुछ भी कर सकता है।"

"तो वह चाहता है कि उसमें इन बालकों, कृष्ण और बलराम की भी सहभागिता हो।"

"अच्छा!" नन्द जी के स्वर में पुनः आश्चर्य था। कृष्ण और बलराम दिनभर बाद आये थे और यशोदा जी उनके लिये कुछ खाने के लिये लेने जाने वाली थीं, किन्तु इस बात को सुनकर ठिठक कर वहीं रुक गयीं और आगे की बात सुनने के लिये अक्रूर जी के मुख की ओर निहारने लगीं।

"भ्राता, कंस ने मुझे इन बालकों को मथुरा लाने के लिये ही यहाँ भेजा है।"

यशोदा जो अभी तक चुपचाप खड़ी थीं उन्होंने यह सुनते ही दोनों बालकों को पकड़ कर स्वयं से चिपटा लिया।

"अरे इन छोटे छोटे बालकों का उस विशाल यज्ञ में क्या काम। नहीं मेरे बालक कहीं नहीं जायेंगे।" उन्होंने घबराहट और व्यग्रता भरे स्वर में कहा।

यशोदा की इस बात से वहाँ कुछ पलों के लिये सन्नाटा सा छा गया, फिर कुछ देर बाद नन्द ने कहा,

"यशोदा, एक बात समझो। हम कंस के राज्य में ही रह रहे हैं और वह कितना स्वार्थी, घमण्डी और क्रूर है, यह सर्वविदित है। उसके अनुरोध को न मानने से वह अपमान का अनुभव करेगा और फिर उसके बाद क्या करेगा, कौन जानता है।"

"यह कंस का अनुरोध है या आदेश?"

"कंस राजा है, क्रूर है। उसके अनुरोध या आदेश में अन्तर करना मूर्खता ही होगी।"

"कुछ भी हो, मैं अपने बालकों को वहाँ नहीं भेजूँगी।"

"यशोदा समझने का प्रयास करो और फिर मुझे नहीं लगता कि ये बालक इतने कमजोर हैं, कि कंस इन्हें कोई हानि पहुँचा पायेगा।"

"माँ, जाने दो न, कुछ ही समय की बात तो है।" कृष्ण जो सब सुन रहे थे, उन्होंने कहा।

कुछ देर के विचार विमर्श बाद निश्चय हुआ कि अक्रूर जी के साथ कृष्ण और बलराम का जाना ही उचित रहेगा, इस निर्णय के बाद यशोदा उठीं और घर के भीतर एक कोने में जाकर रो पड़ीं।

यह देखकर बलराम की माँ रोहिणी उन्हें सान्त्वना देने का प्रयास करने लगीं।

"दुःखी मत हो यशोदे।" रोहिणी ने यशोदा से कहा।

"बलराम भी तो साथ है, फिर थोड़े समय की ही तो बात है, यज्ञ समाप्त होने पर तो वे लौट ही आयेंगे और यदि इसमें कंस का कोई षड़यंत्र है, तो भी हमारे बालक भले ही छोटे हैं पर बुद्धि और पराक्रम में किसी से कम तो नहीं हैं।"

अक्रूर जी के रथ को देखकर नन्द के द्वार पर गोकुल के बहुत से लोग जमा हो गये थे। जिसमें स्त्रियाँ भी थीं और पुरुष भी। सभी में ये जानने की उत्सुकता थी, कि इस प्रकार रथ पर आने वाला कौन है और क्यों आया है। और थोड़ी देर में ही ये बात पूरे गोकुल में फैल गयी कि कंस के बुलावे पर कोई मथुरा से कृष्ण और बलराम को लेने आया है।

राधा की कुछ सखियाँ लगभग दौड़ कर राधा के घर पहुँचीं।

"राधा, जानती हो, कंस के बुलावे पर कोई रथ लेकर कृष्ण और बलराम को मथुरा ले जाने के लिये आया है।" एक सखी ने उनसे कहा।

"क्या?"

"हाँ, सच, उसका रथ नन्द जी के द्वार पर खड़ा है। कृष्ण और बलराम ने उसके साथ जाने की सहमति भी दे दी है।"

राधा के हृदय में बहुत जोर से धक सा हुआ। ऐसा लगा जैसे किसी ने सीने में बहुत जोर से घूँसा मारा हो। शरीर निष्प्राण सा लगा।

"ऐसा कैसे हो सकता है?" उन्होंने कहा।

"हमारे साथ चलो और अपनी आँखों से देख लो।"

राधा उनके साथ चलने के लिये घर से बाहर आयीं। थोड़ा सा चलीं, फिर जहाँ थीं वहीं एक किनारे बैठ गयीं।

"क्या हुआ?" किसी सखी ने पूछा।

"कुछ नहीं।" राधा ने एक गहरी साँस लेकर कहा।

"पर वे सचमुच जा रहे हैं।"

"तुम लोग झूठ क्यों बोलोगी। सत्य ही कह रही होगी।"

"फिर, चलोगी नहीं?"

"नहीं, मैं नहीं जाऊँगी, मैं उनकी हूँ ही कौन? बचपन में हम साथ खेले हैं बस

इतना ही तो।"

"अरे चलो न, पूरा गोकुल वहाँ एकत्रित है।"

राधा ने इसका कोई उत्तर नहीं दिया। सखियाँ लौट गयीं और राधा जब अकेली रह गयीं तो उन्होंने अपने दायें हाथ की उँगलियाँ अपनी माँग पर फिरायीं,.... 'वह सब खेल ही था क्या, कृष्ण?'.... उन्होंने मन ही मन कृष्ण से पूछा।

✳ ✳ ✳

नन्द के द्वार पर जो भीड़ थी उसमें ललिता भी थीं। सुस्त और उदास, साथ ही वे उस भीड़ में राधा को भी खोज रही थीं, किन्तु जब राधा नहीं दिखाई पड़ीं तो उन्होंने एक गोपी से पूछा,

"राधा कहाँ है? उसे पता नहीं है क्या?"

"पता तो है, पर वह आयी नहीं।"

"ऐसा!" ललिता ने आश्चर्य से कहा, "पर वह है कहाँ?"

"अपने घर से निकली तो थी, पर कुछ दूर चलकर बैठ गयी।"

"क्यों?"

"पता नहीं, बोली मैं नहीं जाती, मैं हूँ ही कौन। हम बचपन में साथ साथ खेले थे बस इतना ही तो।"

ललिता को कालिन्दी के तट पर हुये राधा और कृष्ण के विवाह का स्मरण हो आया जब कृष्ण ने अपने खून की एक बूँद से उनकी माँग भरी थी।....'वह मानिनी है, अवश्य कृष्ण को ही उससे मिलने जाना होगा,'.....उन्होंने सोचा।

सुबह का समय था। जाने की लगभग सभी तैयारियाँ पूरी हो चुकी थीं। थोड़ी देर में निकलने की बातें हो रही थीं। कृष्ण ने बड़ी कठिनाई से यशोदा को समझाया था और कार्य पूरे होते ही लौटने का आश्वासन भी दिया था, किन्तु यशोदा की आँखों के आँसू सूख नहीं रहे थे।

जाने की पूरी तैयारी हो चुकी थी। सब थे, पर कृष्ण की दृष्टि जिन्हें ढूँढ रही थी वे राधा दिखाई नहीं पड़ रही थीं। कृष्ण समझ गये कि राधा मानिनी हैं स्वयं नहीं आयेगी।

"बाबा, मैं थोड़ी देर में आता हूँ।" कृष्ण ने नन्द बाबा से कहा।

"अच्छा।" उत्तर मिला।

ललिता देख रही थीं। उन्होंने पास आकर धीरे से पूछा,

"कृष्ण, राधा से मिलने जा रहे हो?"

"हाँ।"

"वह घर पर नहीं है।"

"फिर?"

"वह घर से चली तो थी पर मार्ग में ही रुक गई थी और अब तो अवश्य ही कालिन्दी के उसी तट पर होगी जहाँ एक बार तुमने.... उसकी .... माँ....ग.... ।"

"समझ गया ललिते।" ललिता अपनी बात पूरी कर पातीं इसके पूर्व ही कृष्ण ने कहा और वे बहुत तेजी से कालिन्दी के उसी तट की ओर बढ़ गये।

कभी कभी जब कहीं पहुँचने की जल्दी हो, तब छोटा रास्ता भी बहुत बड़ा लगने लगता है, ऐसा ही कृष्ण को इस समय लग रहा था। कृष्ण ने कालिन्दी के पास पहुँचकर दूर से ही देख लिया। राधा नदी के तट पर शान्त बैठी, कहीं शून्य में निहार रही थीं।

"राधे।" कृष्ण ने पास पहुँचकर आवाज दी।

राधा ने कृष्ण का पुकारना सुना, किन्तु वैसी ही शून्य में ताकती बैठी रहीं। कृष्ण ने पास पहुँचकर उनके कन्धे पर हाथ रख कर फिर बुलाया,

"राधे।"

अब राधा ने उनकी ओर देखा। आँखें भरी हुई थीं, राधा ने पलकें झपकायीं तो दोनों नेत्रों से आँसू की एक एक बूँद लुढ़ककर बाहर आ गयी।

"अरे रो रही हो, देखो ये तो ठीक नहीं है।"

"क्या ठीक नहीं है? तुम हम सबको छोड़कर जा रहे हो, और मैं रो भी नहीं सकती?"

"नहीं देखो, अभी तक का समय तो बस खेल कूद या कुछ छोटी छोटी चुनौतियों का सामना करने में ही बिताया है, आज एक बड़ी चुनौती सामने आकर खड़ी हो गयी है, उसमें मुँह मोड़ लूँ क्या?"

"कैसी चुनौती? कंस ने तुम्हें यज्ञ में ही तो बुलाया है।"

"तुम समझती हो, यह इतनी सरल सी बात होगी। कंस मेरे बिना यज्ञ नहीं कर सकता था क्या?"

"फिर?"

"इसके पीछे उसके कुटिल मस्तिष्क में अवश्य ही कोई षड़यंत्र होगा।"

"हाँ?" राधा ने आश्चर्य से कहा।

"हाँ, और फिर मेरे माता पिता उसकी कैद में हैं। उनके, महाराज उग्रसेन,

महारानी पवनरेखा और मथुरा की जनता के प्रति अपने कर्त्तव्य को पूरा करने का समय भी आ गया लगता है।"

"हाँ, सच है, फिर लौटोगे कब?"

"कार्य पूरे होते ही लौट आऊँगा।"

"तुम दोनों भाई सँभल कर रहना, वहाँ तो उसकी सेना भी होगी।"

इस पर कृष्ण हँसे,

"राधे तुम्हें अपने कृष्ण की सामर्थ्य पर भरोसा नहीं है क्या?"

"बहुत है।"

"तो फिर अब हँसकर विदा दो।"

"तुम कंस के निमंत्रण पर मथुरा जा रहे हो, इस अवसर पर मैं हँस तो नहीं सकती, किन्तु हाँ मैं तुम्हारे साथ चल रही हूँ।"

"कहाँ....?" कृष्ण ने एक लम्बा सा 'कहाँ' किया।

"घबराओ मत, इस देह से तो मैं बस नन्द बाबा के द्वार तक चल रही हूँ, जब तक तुम दिखाई देते रहोगे, कम से कम उतनी देर तो तुम्हें देख सकूँगी।"

कृष्ण हँसे, बोले,

"इस देह से नन्द बाबा के द्वार तक?"

"हाँ, यह देह तो वहीं तक जा पायेगी न।"

"और उसके बाद?"

"उसके बाद मैं मन से तुम्हारे साथ रहूँगी।"

"और मैं मन से तुम्हारे साथ। आओ, चलें विलम्ब हो रहा है, लोग मेरी राह देख रहे होंगे।"

इसके बाद कृष्ण से दूरी बनाकर उनके पीछे पीछे चलती राधा, नन्द के द्वार तक आयीं।

अक्रूर जी का रथ तैयार खड़ा था और कृष्ण की ही प्रतीक्षा हो रही थी।

"क्या उचित नहीं होगा, कि हम अब और विलम्ब किये बिना चल दें, ताकि सन्ध्या होने से पूर्व मथुरा पहुँच जायें?" कृष्ण के पहुँचने पर अक्रूर जी ने कहा।

"हाँ, उचित ही है।" नन्द ने कहा।

जब कृष्ण और बलराम, माता यशोदा और रोहिणी से विदा लेने लगे तो वे उन्हें सीने से लगाकर रोने लगीं। नन्द जी के बहुत ढाढस बँधाने पर वे शान्त हुईं। कृष्ण और बलराम, अक्रूर जी के साथ रथ में बैठे और रथ धीरे धीरे चल पड़ा।

बहुत सी भीड़ रथ के पीछे पीछे कुछ दूर तक गयी, किन्तु कुछ ही देर में रथ ने गति पकड़ ली और वह भीड़ लौटने लगी। इसी मध्य राधा, यशोदा के पास पहुँचकर उनका हाथ थामकर खड़ी हो गयी थीं। दोनों, जब तक रथ दिखाई देता रहा देखती रहीं, फिर यशोदा, राधा को घर के अन्दर ले गयीं, बिठाया और फिर कहा,

"बेटी थोड़ा कलेवा कर लो।"

"नहीं माँ, कुछ भी खाने की बिलकुल भी इच्छा नहीं है।" यह कहते हुए राधा यशोदा के पास गयीं और उनका हाथ पकड़कर सट कर बैठ गयीं। कुछ देर तक वैसे ही बैठे रहने के बाद, राधा ने कहा,

"माँ।"

"क्या बेटी।" यशोदा ने राधा के मुख की ओर देखते हुए कहा।

"अभी तो सुबह ही है।"

"हाँ।"

"पर क्या ऐसा नहीं लग रहा है कि सब ओर अँधेरा है? ये सुबह इतनी काली सी क्यों है, माँ।"

"कुछ सुबहें काली ओर कुछ रातें उजली भी हुआ करती हैं।"

"उजली रातें अर्थात?" राधा ने पूछा।

"हाँ, जैसे एक उजली रात वह थी जिस रात कृष्ण मेरी गोद में आया था।"

"सच है।" कहते हुये राधा ने यशोदा के कन्धे पर अपना सिर टिका दिया और यशोदा ने उनके सिर पर अपनी हथेली रख दी।

"माँ एक बात पूछूँ?" राधा ने उसी तरह उनके कन्धे पर सिर टिकाये टिकाये ही कहा।

"क्या?"

"आपने कृष्ण का नाम कृष्ण क्यों रखा? वे कुछ साँवले अवश्य हैं पर काले तो नहीं हैं," राधा ने कहा और फिर जोड़ा, "माँ यह प्रश्न मेरे मन में कई बार उठा, तो आज आप से पूछ ही बैठी।"

"हर बच्चा जब जन्म लेता है तो माँ के तो प्राण ही उसमें बसते हैं, उसे तो वह बहुत प्यारा, बहुत आकर्षक लगता ही है, पर कृष्ण इतना अधिक आकर्षक था, कि जो भी उसे देखता था उसके आकर्षण में बँध सा जाता था। विशेष आकर्षण था उसमें, जो देखने वाले को सम्मोहित सा कर लेता था।" यशोदा ने कहा और कुछ क्षणों के लिये ऐसे रुकीं मानो उन पलों में खो सी गयी हैं फिर कुछ देर बाद बोलीं,

"उसके इस आकर्षण के कारण मैं तो उसे कृष कह कर बुलाती थी। ये संस्कृत

का शब्द है जिसका अर्थ है आकर्षित करने वाला, किन्तु इसका शुद्ध उच्चारण सम्भवतः इतना आसान नहीं था। इस कारण वह कब कृष से कृष्ण हो गया पता नहीं।"

अब राधा धीरे से उठीं, बोलीं,

"माँ, मैं जाऊँ?"

"सुबह से ये समय होने को आया है, कुछ कलेवा कर लेती तो अच्छा रहता न।"

"आप भी लेंगी मेरे साथ?"

"बेटी मेरा तो बिलकुल भी मन नहीं है।"

"वैसा ही मन तो मेरा भी हो रहा है माँ। चलूँ घर में मेरी प्रतीक्षा हो रही होगी।" राधा ने कहा और आँखों में उँगलियाँ लगाकर कुछ छिपाते हुये, बाहर आ गयीं।

रो पड़ा है नीड़
पर विश्वास जीवित
लौट आयेगा परिन्दा
एक दिन

११. मथुरा की ओर

अक्रूर जी का रथ चलते चलते ब्रह्मह्रद क्षेत्र में आ चुका था। उन्होंने कृष्ण की लीलाओं के कई किस्से सुन रखे थे, किन्तु फिर भी वे उनकी सुरक्षा को लेकर बहुत चिन्तित थे।....'मैं इन्हें ले तो जा रहा हूँ किन्तु यदि इनको कुछ हो गया तो मैं किसी को मुख दिखाने योग्य भी नहीं रहूँगा'....उनके मन में बड़ी ऊहापोह की स्थिति चल रही थी। कुछ सोचते हुये उन्होंने सारथी को रथ रोकने के लिये कहा।

"काका रुक क्यों गये?" कृष्ण ने पूछा।

"कुछ नहीं बस कुछ देर ये अश्व विश्राम कर लें, बराबर दौड़ ही रहे हैं।" अक्रूर जी ने कहा और रथ से उतर पड़े। उनके साथ ही कृष्ण और बलराम भी उतर गये।

कृष्ण ने अक्रूर जी की ओर देखा। उनके मुख पर बहुत अधिक गम्भीरता थी और चिन्ता की रेखायें भी।

"काका, कहीं आप हमारी सुरक्षा को लेकर तो चिन्तित नहीं हैं?" कृष्ण ने मुस्कराते हुये पूछा।

"अ....नहीं,....हाँ कुछ चिन्ता है तो। कंस बहुत दुष्ट और क्रूर है और तुम लोग निरे बालक, और फिर वह तुमसे शत्रुता की भावना भी रखता है, यह तो सबको पता है। तुम्हें कुछ हो गया तो मैं कहीं मुख दिखाने योग्य भी नहीं रहूँगा।" मन की बात न चाहते हुये भी अक्रूर जी की जबान पर आ गयी।

कृष्ण और बलराम दोनों हँस पड़े,

"अरे काका, आप हमारी लेश-मात्र भी चिन्ता न करें हमें कुछ नहीं होने वाला।" कृष्ण ने उनसे कहा, फिर बोले,

"कितना सुन्दर स्थान है।"

"हाँ, सच।" बलराम जो अधिकतर गम्भीर रहते थे, ने कहा।

पास में ही एक नदी बह रही थी। अक्रूर जी उस ओर बढ़े, तो कृष्ण और बलराम भी उनके साथ हो लिये। नदी के किनारे पहुँच कर अक्रूर जी रुके, कुछ देर तक सोचते से खड़े रहे, फिर बोले,

"कृष्ण, मैं सोचता हूँ नदी में स्नान कर लूँ। ऐसे रमणीक स्थानों पर आना तो कभी कभी ही हो पाता है।"

"ठीक है काका।" कृष्ण ने कहा।

मन ही मन कृष्ण और बलराम की सुरक्षा की चिन्ता लिये हुये अक्रूर जी पानी में उतरे। सूर्य की मुख ओर मुख करके अँजुली में पानी लेकर उन्हें अर्ध्य दिया और फिर पानी में डुबकी लगा दी।

आश्चर्य! पानी के अन्दर बन्द आँखों से भी उन्हें अपने सम्मुख मुखों पर मुस्कान लिये कृष्ण और बलराम दिखाई दिये। अक्रूर जी शीघ्रता से उठकर खड़े हो गये और कृष्ण और बलराम की ओर देखा। जिस तरह मुस्कराते हुए वे पानी में दिखे थे ठीक वैसे ही मुस्कराते हुए वे सामने खड़े थे।....'क्या मैं भ्रम का शिकार हो रहा हूँ?'....सोचते हुए उन्होंने आँखें बन्द कर के पुनः पानी में डुबकी लगा दी और यह क्या; पानी में पुनः दोनों भाई उसी तरह मुस्कराते खड़े दिखाई दिये। अक्रूर जी ने यह प्रयोग एक बार और दुहराया और फिर वही परिणाम मिला।

अब अक्रूर जी को लगा कि अवश्य ही ये दोनों दिव्य शक्तियाँ हैं,....'और फिर यह भविष्यवाणी भी तो है ही कि कृष्ण ही कंस का काल बनेंगे, तो यदि कृष्ण को ही कुछ हो गया तो वह भविष्यवाणी तो झूठी हो जायेगी....नहीं मैं व्यर्थ ही चिन्ता कर रहा हूँ'....सोचते हुये उन्होंने मन ही मन कृष्ण और बलराम को प्रणाम किया, नदी से बाहर आये, कुछ पल और वहाँ बिताये, फिर दोनों के साथ आकर रथ के पास खड़े हो गये और फिर उनकी ओर संकेत करते हुये बोले,

"चलो, रथ में बैठो।"

"काका पहले आप तो बैठें।"

"नहीं पहले तुम लोग बैठ जाओ फिर मैं बैठूँगा।"....'ये खड़े रहें और मैं बैठ जाऊँ यह कितना अनुचित होगा'....सोचते हुये अक्रूर जी ने कहा।

तीनों लोग रथ में बैठ गये, और रथ पुनः मथुरा की ओर चल पड़ा।

✵✵✵

रथ मथुरा पहुँच चुका था। कृष्ण और बलराम के आने का समाचार मथुरा में बहुत तेजी से घर घर तक पहुँच गया था और सम्भावित मार्गों और भवनों की

छतों पर उन्हें देखने के लिये भीड़ उमड़ रही थी। बहुत से लोगों ने मार्ग में उनके ऊपर फूल भी बरसाये। अक्रूर जी उन्हें लेकर सीधे कंस के पास भी जा सकते थे या राजकीय अतिथि गृह में ठहरा सकते थे, किन्तु वे....'मेरा घर भी इनके चरण पड़ने से पवित्र हो जायेगा'....सोचते हुये उन्हें अपने घर ले गये।

"देखो तो कौन आये हैं।" उन्होंने घर में घुसते हुये पत्नी उग्रसेना को आवाज दी। उग्रसेना रसोई में थीं। हाथ पोंछते हुये बाहर आयीं।

"हमारा घर पवित्र हो गया उग्रसेना, ये साक्षात कृष्ण और बलराम तुम्हारे सम्मुख खड़े हैं।" उन्होंने कहा।

"सच, इससे बड़ा सौभाग्य और क्या हो सकता है।" उग्रसेना ने कहा।

"काकी कृपया ऐसा मत कहें, हम आपके अपने बालक हैं।" कृष्ण ने कहा।

"हाँ, सो तो है।" कहते हुये उग्रसेना ने दोनों को अपने समीप खींच लिया। तभी द्वार पर किसी के आने की सूचना मिली। अक्रूर जी बाहर आये। राज्य का कर्मचारी था, कंस का भेजा हुआ दूत।

"कहो।" अक्रूर जी ने उससे कहा।

"महाराज ने पुछवाया है कि कृष्ण और बलराम तो आ गये हैं न?"

"हाँ आ गये हैं।"

"तो उन्हें लेकर महाराज तक पहुँचें।"

"इतनी यात्रा करके आये हैं, थक गये होंगे। महाराज से कहना यदि उनकी अनुमति हो तो मैं उन्हें रात्रि भर अपने यहाँ रोक लूँ। प्रातःकाल दरबार लगने तक मैं उन्हें लेकर अवश्य उपस्थित हो जाऊँगा।"

यह सुनकर वह कर्मचारी कुछ सोच में पड़ गया।

"किन्तु यह तो उनके आदेश के अनुसार नहीं होगा।" उसने कहा।

"परेशान मत हो और डरो भी मत। एक बार उनसे जाकर मेरी ओर से ये बात कह दो, फिर भी यदि उनका आदेश होगा तो मैं इन्हें लेकर तत्काल उनके सम्मुख उपस्थित हो जाऊँगा।" अक्रूर जी ने कहा।

सन्देश-वाहक बड़ी असमंजस की स्थिति में दिखाई पड़ा।

"यदि बहुत भय लग रहा हो, तो मैं भी तुम्हारे साथ चलता हूँ। बालक हैं, रात्रि भर यहाँ विश्राम कर लेंगे तो अच्छा रहेगा।" अक्रूर जी ने पुनः कहा।

"अच्छा ठीक है, आप रहने दें, आप भी तो श्रमित होंगे, मैं ही जाता हूँ और वापस आकर महाराज ने क्या कहा है, बताता हूँ।" कह कर वह कर्मचारी वापस मुड़ लिया।

कर्मचारी ने वापस जाकर कंस को अक्रूर जी का सन्देश दिया।

"हूँ।" अक्रूर जी की बात सुन कर कंस कुछ सोचने लगा।.....'यदि वे अभी यहाँ आ जाते तो आज रात्रि में ही उनका कुछ कर सकता था....पर बहुत जोर डालना भी ठीक नहीं रहेगा, वे सावधान हो सकते हैं'.....कंस ने सोचा, फिर....'ठीक है, सुबह ही देख लूँगा, बच कर तो नहीं ही जाने दूँगा'....सोचकर उसने उस कर्मचारी से कहा,

"ठीक है, किन्तु उनसे कह दो कि कल सुबह दरबार लगते ही अवश्य उपस्थित हो जायें।" और इसके बाद वह उठा और विश्राम के लिये अन्तःपुर में चला गया। कर्मचारी तुरन्त ही वापस अक्रूर जी के पास आया और कंस का सन्देश सुनाकर चला गया।

"हे ईश्वर धन्यवाद।" द्वार बन्द करके भीतर आते ही अक्रूर जी के मुख से निकला।

पत्नी उग्रसेना ने यह सुना तो पूछा,

"क्या हुआ?"

"कंस इनके सुबह पहुँचने पर राजी हो गया है।"

"चलो इसी बहाने हमें, कम से कम एक दिन के लिये ही सही, इनकी सेवा करने का अवसर तो मिला।"

"सो तो है ही, पर साथ ही साथ मन एक बड़ी आशंका से भी मुक्त हो गया।"

"कैसी आशंका?"

"अरे, उसका क्या भरोसा जो अपने देवतुल्य माता पिता को कारागार में सड़ा सकता है, वह नीचता की किसी भी सीमा तक जा सकता है।"

"अर्थात?"

"अर्थात क्या? क्या भरोसा है कि वह किसी समय इनके खाने पीने में विष नहीं मिला देता?"

"ओह, सत्य है।" कहते हुये इस कल्पना मात्र से उग्रसेना के बदन में जैसे झुरझुरी सी दौड़ गयी।

* * *

आज कंस का दरबार खुले में लगा हुआ था। कृष्ण और बलराम के आने के कारण उन्हें देखने के लिये आज जो भी दरबार में घुसने की अनुमति पा सका, आ

गया था। कंस दरबार में एक ऊँचे सिंहासन पर बैठा हुआ था। कृष्ण और बलराम के साथ अक्रूर जी भी आ चुके थे। अन्य दरबारियों की भाँति अक्रूर जी ने भी कंस का अभिवादन किया था, किन्तु कृष्ण और बलराम बस चुपचाप आकर खड़े हो गये। कंस को यह बहुत अखरा, किन्तु उसने समय देखते हुये इसकी उपेक्षा कर दी।

मैदान में समीप ही एक बड़ा सा हवन कुण्ड बना था और पास ही कुछ दूर पर एक अखाड़ा भी दिखाई दे रहा था, जहाँ कुछ बड़े ही पुष्ट देहयष्टि के पहलवान भी दिखाई दे रहे थे। दरबार सज चुका था। अक्रूर जी ने देखा यज्ञ-कुण्ड अवश्य बना हुआ था, यज्ञ की कुछ सामग्री भी वहाँ पर थी और एक पण्डित जैसा व्यक्ति भी बैठा हुआ था, किन्तु किसी विशाल यज्ञ के आयोजन जैसा कुछ भी नहीं था और आज कंस की अंगरक्षकों की संख्या भी बहुत अधिक बढ़ी हुयी थी....‘ किन्तु यह तो खुले में दरबार होने के कारण भी हो सकता है’....अक्रूर जी ने सोचा, किन्तु एक दृष्टि में जो कुछ दृष्टिगोचर हो रहा था उससे पहले से ही आशंकित मन में यह विश्वास दृढ़ हो गया कि यह सब किसी षड़यंत्र की रूपरेखा तो है ही।

अक्रूर जी यह सब कुछ सोच ही रहे थे कि कंस के सिंहासन के पास ही खड़े एक मन्त्री ने कहा,

“आप सभी गणमान्य व्यक्तियों का इस यज्ञ समारोह में स्वागत है। इस यज्ञ के अतिरिक्त महाराज के आदेश पर आपके मनोरंजन के लिये एक दंगल का भी आयोजन किया गया है।”

और इसके बाद कंस के संकेत से नगाड़ों की ध्वनि के साथ अखाड़े में पहलवान एक दूसरे से भिड़ने लगे। कभी कोई ऊपर तो कभी कोई नीचे। तभी कंस के बगल में खड़े उस आदमी की वाणी पुनः गूँजी,

“सभी लोग कृपया ध्यान पूर्वक सुने। इन मथुरा के पहलवानों का भिड़ना तो हम सब बहुधा ही देखा करते हैं। महाराज की इच्छा है कि आज यहाँ अतिथि के रूप में पधारे कृष्ण और बलराम को भी अपना जौहर दिखाने का अवसर दिया जाय। इससे यह दंगल अवश्य ही और अधिक मनोरंजक हो जायेगा।”

‘ओह, यह भी है’....अक्रूर जी ने सोचा और और बलराम की ओर देखा। दोनों ही खड़े हो चुके थे।

“आते हैं काका।” कृष्ण ने अक्रूर जी से कहा और बलराम सहित अखाड़े की ओर बढ़ गये। अखाड़े में मथुरा के पाँच पहलवान थे, जिनमें चारण और मुष्टिक सबसे अधिक बलशाली और अखाड़े के दाँव पेंचों में निपुण थे। अखाड़े में प्रवेश करते ही इन्हीं दोनों ने कृष्ण और बलराम को चुनौती दी।

चाणूर से कृष्ण और मुष्टिक से बलराम भिड़ गये। थोड़ी देर के बाद ही कृष्ण

और बलराम दोनों ने अनुभव किया कि चाणूर और मुष्टिक कुश्ती लड़ते लड़ते बार बार उनका गला दबाने का प्रयास कर रहे हैं।

"यह कुश्ती तो नहीं चाणूर, तुम तो बार बार मेरा गला दबाने का प्रयास कर रहे हो।" कृष्ण ने चाणूर से कहा। इस पर चाणूर एक शैतानी हँसी हँसा।

"ओह, तो यह बात है।" कृष्ण ने चाणूर की इस हँसी का अर्थ समझने कोई भूल नहीं की। भाई बलराम की ओर कुछ संकेत किया और चाणूर की टाँग पकड़ कर उसे हवा में बुरी तरह से नचा कर भूमि पर पटक दिया। चाणूर के मुँह और सीने में भयंकर चोट लगी और बेहोश हो गया।

उधर बलराम ने मुष्टिक के मुँह पर एक बहुत तेज घूँसा मारा। मुष्टिक मुँह से रक्त बहाते हुये भूमि पर गिर पड़ा तो बलराम ने उसके सीने पर बैठकर घूँसों से उसका मुँह तोड़ डाला। इसके बाद बलराम उठकर खड़े हो गये। चाणूर और मुष्टिक दोनों मर चुके थे।

अब पास खड़े हुए दूसरे तीन पहलवान उनकी ओर लपके, किन्तु वे शीघ्र ही बुरी तरह पिट कर भाग खड़े हुए। कंस यह सब देखकर क्रोध से भर उठा,

"नगाड़े बजाना बन्द किया जाय।" उसने जोर से कहा और इसके साथ ही नगाड़े बजने बन्द हो गये। अब उसने दूसरा आदेश दिया,

"सैनिकों, इन दोनों को बन्दी बना लो। इन्होंने अखाड़े के नियमों के विपरीत कार्य करके चाणूर और मुष्टिक की हत्या की है।" कंस का मुख क्रोध से लाल हो उठा था।

उधर कृष्ण और बलराम भी यह सुनकर क्रोध से भरा मुख लिये खड़े थे। कोई भी सैनिक उनकी ओर बढ़ने का साहस नहीं कर पा रहा था। चाणूर और मुष्टिक की हश्र सभी देख ही चुके थे। तब तक कंस ने एक और आदेश जारी किया,

"सैनिकों जाओ, देवकी और वसुदेव को मार डालो और साथ ही उग्रसेन को भी, वह मेरा पिता तो है पर अवश्य ही वह मेरे दुश्मनों से मिला हुआ है, और हाँ कुछ सैनिक गोकुल जायें, नन्द को भी प्राण दण्ड दें और उसकी समस्त सम्पत्ति जब्त कर लें।"

"बस अब बहुत हो चुका कंस," कहते हुये बलराम के साथ ही कृष्ण भी कंस की ओर लपके और उन्होंने बिजली की फुर्ती से सिंहासन तक पहुँचकर उसके ही एक सैनिक की म्यान से तलवार खींचकर कंस की गरदन से सटा दी और बलराम भी इसी प्रकार एक सैनिक की म्यान से तलवार खींच कर उनके पास पहुँच कर कृष्ण की सुरक्षा में खड़े हो गये।

सभा में कंस के भाई भी अक्रूर जी के पास ही अग्रिम पंक्ति में थे। यह दृश्य

देखकर उनमें से एक जो अक्रूर जी के आसन के अधिक निकट था, उसने उनके निकट जाकर धीरे से कहा,

"अक्रूर जी, हम सभी भाई आपके साथ हैं और यहाँ उपस्थित कुछ सैनिक भी हमारा साथ देने के लिये तैयार हैं।"

कंस यद्यपि बहुत डरा हुआ था, किन्तु फिर भी अपने भाई का अक्रूर जी के पास जाना, उसकी दृष्टि से बच नहीं सका।.... 'इनसे कुछ आशा थी, किन्तु लगता है कि ये दुष्ट भी गद्दारी पर उतर आये हैं'.... उसने मन ही मन कहा।

और आसन्न मृत्यु के भय से कंस रो पड़ा।

"मुझे क्षमा करो, कृष्ण।" उसने अति कातरता से कहा।

"क्षमा उसी को दी जाती है जो इस योग्य हो। तू इस योग्य नहीं है कंस।"

"जो जहाँ है, वहीं वैसे ही खड़ा रहे।" इसी समय बलराम का स्वर गूँजा, किन्तु तब तक सभा में उपस्थित कंस के वफादार कुछ सैनिक तलवारें खींच चुके थे। सभा में शीघ्र ही मारकाट प्रारम्भ हो गयी।

"कृष्ण अब देर मत करो।" बलराम ने कृष्ण से कहा और कृष्ण की तलवार कंस के गले में उतर गयी। इसके बाद बलराम की आवाज एक बार पुनः गूँजी

"मैं एक बार पुनः कह रहा हूँ, जो जहाँ है वहीं रुक जाये अन्यथा जीवित नहीं जायेगा।"

कंस मर ही चुका था, उसके वफादार सैनिको को समझ में आ गया कि अब लड़ना व्यर्थ ही है, अतः उन्होंने लड़ना बन्द कर दिया, किन्तु तब तक बहुत से सैनिक शहीद हो चुके थे।

"काका।" ये कृष्ण का स्वर था, "कृपया जायें और शीघ्रता से मथुरा के महाराज उग्रसेन और महारानी पवनरेखा को कारागार से मुक्त करा कर यहाँ ले आयें, ताकि मैं इस सिंहासन के वास्तविक अधिकारी को यह सिंहासन सौंप सकूँ।"

अक्रूर जी ने यह सुना तो उन्हें कृष्ण का यह आग्रह कुछ अपूर्ण सा लगा।

"और आपके माता पिता, वे भी तो कैद में हैं।"

"हाँ, किन्तु मथुरा राज्य की व्यवस्था मथुरा के महाराज के द्वारा ही हो और वे उनके आदेश से ही छूटें तो क्या यह अधिक उचित नहीं रहेगा। माल कुछ ही क्षणों की बात है, तब तक हमें थोड़ा और धैर्य रखना होगा।"

शीघ्र ही एक भीड़ 'महाराज उग्रसेन की जय हो' और 'महारानी पवनरेखा की जय हो' के नारे लगाते हुए उनके कारागार की ओर दौड़ पड़ी और फिर उस जयघोष के साथ ही दोनों को कारागार से मुक्त करा कर लाया गया। कृष्ण ने सादर

उन्हें मथुरा का सिंहासन सौंप दिया। सिंहासन ग्रहण करते ही, उग्रसेन ने प्रश्न किया,

"और देवकी और वसुदेव कहाँ हैं?"

"उन्हें भी शीघ्र ही यहाँ ले आया जायेगा, बस आपके आदेश की प्रतीक्षा है।"

"अरे, वे अभी तक बन्दी ही हैं? कहते हुये उग्रसेन सिंहासन से उठकर खड़े हो गये।

"उन्हें अति शीघ्र और अति सम्मान के साथ यहाँ लाया जाय और जब तक वे नहीं आते, मैं इसी प्रकार खड़े रहकर उनकी प्रतीक्षा करूँगा।" उन्होंने कहा।

एक भीड़ पुनः 'देवी देवकी की जय' और 'वसुदेव महाराज की जय' के घोष करती, उनके महल की ओर बढ़ गयी ओर शीघ्र ही उन्हें भी अति सम्मानपूर्वक दरबार में ले आया गया। महाराज उग्रसेन और महारानी पवनरेखा ने स्वयं आगे बढ़कर उनकी अगवानी की।

12. समय करवटें लेता है

कंस के वध, महाराज उग्रसेन के मथुरा के सिंहासन पर विराजमान होने और देवकी और वसुदेव के बन्धन मुक्त होने का समाचार, पवन के वेग से गोकुल पहुँचा और वहाँ भी उत्सव जैसा वातावरण हो गया। ललिता यह सुनते ही बरसाने की ओर लगभग दौड़ सी पड़ीं। राधा के घर आया तो,

"राधे।" उन्होंने द्वार पर से आवाज दी।

"हाँ....।"कहती हुई राधा बाहर आयीं।

ललिता के ओठों पर हँसी और मुख पर प्रसन्नता की चमक थी।

"बहुत प्रसन्न दिख रही हो कुछ विशेष है क्या?" उन्होंने ललिता से कहा।

"हाँ, कुछ नहीं, बहुत विशेष है।"

"क्या?"

"बाहर आकर देख पेड़ों पर कितने सुन्दर फूल खिले हुये हैं।"

"अच्छा....।" राधा ने अब अधरों को थोड़ा तिरछा करते हुये कहा।

"और ये चिड़ियों का कलरव कितना मधुर लग रहा है।"

"हाँ....और?"

"और ये सुन्दर फूलों पर मँड़राते और गुनगुनाते भौंरों को भी देख।"

"देख रही हूँ, पर ये सब क्या और क्यों कह रही है ललिता, ये सब कुछ नित्य जैसा ही तो है।"

"नहीं, आज की शीतल और सुगन्धित हवा मथुरा की ओर से ही आ रही है। ध्यान से देखो राधे, आज सब कुछ विशेष है।"

"ललिता पागल हो गयी है क्या? इतनी देर से पहेलियाँ बुझा रही है। अब और पहेलियाँ मत बुझा, स्पष्ट कह क्या बात है।"

“देख, कृष्ण ने जाते समय क्या कहा था, स्मरण है?”

“क्या?”

“उसने कहा था न कि कार्य समाप्त होने पर वह लौट आयेगा।”

“हाँ....तो?”

“समाचार मिला है कि मथुरा में कृष्ण के हाथों कंस का वध हो चुका है। महाराज उग्रसेन पुनः मथुरा के राजसिंहासन पर आसीन हो चुके हैं और कृष्ण के माता पिता अब बन्दी नहीं हैं, तो अब तो कृष्ण के कार्य पूरे हो चुके हैं न।”

“अरे सच?” राधा के स्वर में पुरानी खनक वापस लौट आयी।

“हाँ, सच और अब तो अपने वचन के अनुसार उसे शीघ्र ही हमारे मध्य होना चाहिये।”

“अच्छा, सुन बाहर ही मत खड़ी रह भीतर चल।” कह कर राधा ललिता को हाथ पकड़ कर भीतर ले गयीं। माँ कीर्तिदा और पिता वृषभानु को भी ये समाचार दिया और फिर शीघ्रता से एक कटोरी में मक्खन और मिश्री लेकर आयीं और ललिता से बोलीं,

“ले, मुँह तो मीठा कर ले।”

“हाँ, आज तो अवश्य लूँगी।” कह कर ललिता ने राधा को हाथ से कटोरी ले ली ओर राधा से बोलीं,

“तुम भी तो लो।”

कटोरी से थोड़ा थोड़ा मक्खन और मिश्री लेने के बाद दोनों बाहर आयीं।

“हवा सचमुच कितनी शीतल और सुगन्धित है।” राधा ने कहा।

“हाँ।”

“और पेड़ों पर लगे वे फूल भी देख कितने अधिक अच्छे लग रहे हैं।”

“हाँ।”

“चल वह जो कुछ दूर पर फूलों से लदा वृक्ष खड़ा है उसके नीचे चलते हैं।”

“चलो।” ललिता ने कहा। दोनों उस वृक्ष के नीचे पहुँचीं देर तक खड़ी रहीं और फिर पता नहीं कैसे पैरों में अपने आप गति आयी और वे एक दूसरे का हाथ पकड़ कर नृत्य करने लगीं।

* * *

कृष्ण, भाई बलराम के साथ आज पहली बार अपने माता पिता के साथ बैठे हुये थे। माँ ने उनके लिये तरह तरह के व्यंजन बनाये, फिर भोजन भी अपने हाथों से खिलाया। बहुत देर तक पता नहीं कितनी ही बातें हुई। समय का पता ही नहीं चल रहा था। बातों बातों में ही वसुदेव ने पूछा,

“ कृष्ण, अब क्या विचार है तुम्हारा?”

वसुदेव के इस प्रश्न के साथ ही कृष्ण के मस्तिष्क में गोकुल की बहुत ही स्मृतियाँ, जिन्हें वे मथुरा में आकर अब तक भूले हुये थे, एक बार पुनः सामने आकर खड़ी हो गयीं। राधा का मान और यशोदा के रुदन की स्मृतियाँ उन्हें बहुत विचलित कर गयीं।

“पिता श्री आप ही बताइये। जो आपका आदेश हो वही उचित होगा।”

“नहीं मेरा तो कोई आदेश नहीं है, तुम अपने मन की कहो कृष्ण।”

“यहाँ के कार्य तो समाप्त हो गये हैं, सोचता हूँ एक बार गोकुल हो आऊँ।

“ठीक है, किन्तु कभी समय निकाल कर यदि अपनी बुआ कुन्ती के कुशल समाचार भी ले आते तो अच्छा था। उनके पति पाण्डु हैं नहीं और धृतराष्ट्र का व्यवहार उनके प्रति पता नहीं कैसा होगा?” वसुदेव ने कहा।

“ठीक है पिता श्री, हम पहले वहाँ हो ही आते हैं।” कृष्ण ने स्वयं को और बलराम को इंगित करते हुये कहा।

इसके बाद वे बुआ कुन्ती के पास हस्तिनापुर जाने की तैयारी कर ही रहे थे, कि कंस के श्वसुर जरासन्ध ने कृष्ण को मारने के उद्देश्य से मथुरा पर आक्रमण कर दिया। उस युद्ध में कृष्ण और बलराम ने मथुरा की सेना का नेतृत्व किया।

जरासन्ध हार कर भाग गया, किन्तु इससे जरासन्ध शान्त नहीं हुआ। मथुरा पर आक्रमण करना और फिर हार कर भाग जाना यह क्रम कई बार चला। हर बार बहुत अधिक नरसंहार होता था। इस नरसंहार से दुखी होकर एक बार कृष्ण रण छोड कर घने जंगलों की ओर भागे और एक जंगल में जा कर छिप गये। जरासन्ध ने उनका पीछा किया, जिस जंगल में वे छिपे थे, उसे पूरी तरह से आग के हवाले कर और उन्हें मरा हुआ मानकर लौट आया और इसके बाद, कृष्ण के नाम पर ‘रणछोड़’ का बिल्ला भी लग गया।

इसी मध्य कंस के मित्र कालयवन ने भी कृष्ण पर आक्रमण किया, किन्तु वह इक्ष्वाकु-वंशी राजा मुचकुन्द - भगवान श्रीराम भी इसी कुल में हुये थे - के हाथों मारा गया। अब पिता के आदेश के अनुसार कृष्ण और बलराम को बुआ कुन्ती का कुशलक्षेम जानने के लिये हस्तिनापुर जाना था।

***

 राधा, कृष्ण और समय के पद चिन्ह

कंस का भय समाप्त होने के साथ ही मथुरा और गोकुल के मध्य लोगों का बहुत अधिक आना जाना हो चुका था और इसके साथ ही मथुरा और गोकुल के मध्य समाचारों का आदान प्रदान भी तीव्र हो चुका था।

जरासन्ध और कालयवन के आक्रमणों के कारण अब तक कृष्ण को मथुरा में आये बहुत समय हो चुका था। बुआ कुन्ती के सम्बन्ध में जिस तरह के समाचार मिल रहे थे, वे अच्छे नहीं थे और कृष्ण का अनुमान था कि वहाँ की परिस्थितियाँ ठीक करने में काफी समय लग सकता है। इस कारण उनका मन था कि गोकुल, जो हस्तिनापुर की अपेक्षा मथुरा से बहुत पास था, वे एक बार वहाँ जाकर माँ यशोदा ओर राधा से मिल आते, उसके बाद हस्तिनापुर के लिये प्रस्थान करते तो अच्छा था, पर पिता की इच्छा देखकर उन्होंने यह विचार छोड़ दिया, किन्तु 'कृष्ण ने यह विचार छोड़ दिया' कहने के स्थान पर, जैसा कि बहुधा सभी के जीवन में होता है, यह कहना अधिक उचित होगा कि उन्होंने मन ही मन परिस्थितियों से समझौता कर लिया।

दूसरे दिन सुबह ही हस्तिनापुर के लिये प्रस्थान की बात निश्चित हो गयी थी और कृष्ण के मन को गोकुल की स्मृतियाँ कुछ अधिक ही कुरेदने लगीं थीं। दोपहर ढल चुकी थी, और सन्ध्या द्वार पर खड़ी थी। कृष्ण चुपचाप उठे और बाहर आ गये।

बलराम देख रहे थे, पूछ बैठे,

"कहीं जा रहे हो कृष्ण?"

"बस यूँ ही मन कुछ उचाट सा हो रहा है, थोड़ा घूम कर आता हूँ।"

बलराम को कृष्ण की मनोदशा का कुछ कुछ अनुमान था।

"ठीक है जाओ, पर ध्यान से जाना। हमारे शत्रुओं की कमी नहीं है।" उन्होंने कृष्ण से कहा।

"जी, दाऊ।" कृष्ण ने कहा और यूँ ही एक ओर चल पड़े। कुछ देर चलने के बाद पैर स्वतः ही यमुना की ओर मुड़ गये। कुछ ही देर में यमुना का तट आ गया।

कृष्ण ने किनारे के बहुत निकट एक वृक्ष देखा और उसके नीचे बैठने लायक एक बड़ा सा पत्थर भी,.... 'अवश्य ही इसे किसी ने यहाँ बैठने के लिये डाला होगा'....उन्होंने सोचा फिर मन में आया,....'और यह भी तो हो सकता है कि यह पत्थर बहुत पहले से यहाँ पड़ा हो और बाद में कभी यह वृक्ष उग आया हो, किन्तु अब यह नदी के किनारे और एक वृक्ष के साये में बैठने का स्थान तो बन ही गया है'....मन में यह बात आते ही उनके ओंठों पर एक मुस्कान दौड़ गयी....'किन परिस्थितियों में ऐसा हुआ यह उतना महत्वपूर्ण नहीं होता, जितना महत्वपूर्ण यह

होता है कि ऐसा हुआ'....उन्होंने सोचा ।

इसके साथ ही कृष्ण को लगा, जैसे राधा भी वहीं कहीं हैं ।

'मैंने अपने अँगूठे के एक बूँद रक्त से तुम्हारी माँग भरी थी,'....उन्होंने सोचा....'परिस्थितियाँ कोई भी रही हों, पर हाँ भरी तो थी ही और अब यदि तुम उसे हृदय में रख कर बैठ गयी हो, तो वही महत्वपूर्ण रह जाता है, वे परिस्थितियाँ नहीं'....कृष्ण ने मन ही मन राधा से कहा ।

अधर एक बार पुनः तिरछे हुये, जिन्हें देखकर यह नहीं कहा जा सकता था कि यह मुस्कराहट थी या कुछ और, पर कृष्ण जाकर उस पत्थर पर बैठ कर यमुना के पानी का प्रवाह देखने लगे ।....'गोकुल में भी इसी यमुना का किनारा था जहाँ अक्सर हम मिला करते थे'....कृष्ण ने फिर मन ही मन राधा से कहा और यमुना की ओर देखा.....'यमुना तुम हमारे हर मिलन की साक्षी हो, और उस घटना की भी ।

अब कभी समय आने पर इसकी गवाही भी देना कि ये कृष्ण, राधा को न भूला था, न भूला है न भूलेगा, किन्तु नहीं 'नहीं भूलेगा' यह तो भविष्य की बात है, यह तुम कैसे कह पाओगी, पर भूला नहीं है यह तो कह ही सकोगी न'....कृष्ण ने मन ही मन यमुना से कहा, फिर खड़े हुए, पास के एक वृक्ष से एक बड़ा सा लाल रंग का फूल तोड़ा और.... 'लाल रंग तो प्रेम का होता है न'....सोचते हुये नदी के तट पर आकर धीरे से फूल को यमुना में तैरा दिया....'हे यमुना तुम्हारा प्रवाह गोकुल की ओर हो या न हो, इसे राधा तक पहुँचा अवश्य देना'....उन्होंने यमुना से कहा, तभी कहीं से उड़ता हुआ एक बड़ा सा पक्षी आया और उस फूल को अपने पंजों से पकड़कर गोकुल की ओर उड़ गया ।

कृष्ण ने यह देखा, मुख से निकला 'अरे' और इसके साथ ही ओंठ पहले की भाँति ही पुनः थोड़े सा तिरछे हुए, जिन्हें देखकर यह कहना कठिन था कि यह मुस्कान थी या कुछ और । पर सम्भवतः यह मुस्कान तो नहीं ही थी । इतनी देर में कितना समय व्यतीत हो चुका था यह उन्हें पता ही नहीं लगा था, पर देखा सन्ध्या जा रही थी । कृष्ण के हाथों में कुछ मिट्टी सी लग गयी थी, उन्होंने हथेलियाँ धीमें से रगड़कर हाथ झाड़े और वापस हो लिये ।

रास्ते में ध्यान आया....'मिट्टी लगी तो हाथ झाड़ कर चल पड़ा हूँ पर कोई कहाँ कहाँ से ऐसे हाथ झाड़ कर चल सकता है' ।.... दूसरे दिन प्रातःकाल ही वे भाई बलराम के साथ हस्तिनापुर के लिये चल पड़े.... 'व्यक्तिगत सम्बन्धों से कर्त्तव्य सदा ऊपर ही होते हैं, ...उन्होंने रथ में बैठे बैठे सोचा ।

अभी कथानक भी अपूर्ण है
अभी अधूरा चित्र
रुक जाओ विश्राम अभी तुम
कई उड़ानें अभी शेष हैं

* * *

घर में आज काम कुछ अधिक था। माँ के साथ काम करवाते करवाते दोपहर हो गयी थी। काम समाप्त हुआ तो राधा बाहर निकलीं। कंस के वध की बात पूरे गोकुल और उसके आस पास के क्षेत्रों में लोगों को पता हो चुकी थी और उन्हें लगा रहा था कि अब शीघ्र ही कृष्ण वापस आ जायेंगे, किन्तु फिर जरासन्ध और कालयवन के आक्रमणों के समाचार आने लगे, और लोगों ने समझ लिया कि इन आक्रमणों के चलते तो कृष्ण अभी नहीं ही लौट पायेंगे, और राधा को भी लग रहा था कि इन परिस्थितियों में तो कृष्ण का वहाँ रहना आवश्यक ही होगा, किन्तु साथ ही कृष्ण के पुरुषार्थ पर भरोसा करने वाली राधा को लगता था, कि कृष्ण शीघ्र ही इन दुष्टों का दमन कर लेंगे और फिर वहाँ और न रुककर यहाँ वापस लौट आयेंगे।

कुछ दिनों बाद....'कृष्ण आ ही रहे होंगे'....सोचती हुयी राधा घर से निकलीं तो पैर स्वतः ही कालिन्दी के उस तट की ओर बढ़ गये जहाँ कृष्ण के पास बैठ कर राधा ने अपने विवाह का स्वप्न देखा था और फिर उसकी परिणति कृष्ण के द्वारा अपने अँगूठे के खून से उनकी माँग भरने में हुई थी। चाह कर भी राधा उस दिन को, और उन क्षणों को भूल नहीं पाती थीं।

राधा कालिन्दी के तट पर पहुँचीं और ठीक उसी स्थान पर जा कर बैठ गयीं।....'कृष्ण आयेंगे तो कैसा लगेगा? मैं उनको देखने उनके घर जाऊँगी या कहीं बैठ कर देखूँगी कि वे मुझसे मिलने कब आते हैं'....जैसी बहुत सी बातें मन में उठ रही थीं। भीतर जो आह्लाद की स्थिति थी उसके कारण आँखों में पता नहीं कितने स्वप्न स्वयं ही भर गये थे और अधरों पर मुस्कान भी बार बार स्वतः ही दौड़ जा रही थी।

अचानक एक बड़ा सा लाल फूल ऊपर से उनकी गोद में आकर गिरा। राधा ने चौंक कर ऊपर देखा। एक बड़ा सा पक्षी बार बार आसमान में गोते लगा रहा था। 'ये फूल कहाँ से आ गया, क्या ये पक्षी इसे कहीं से लेकर आया है?.... ,राधा ने सोचा, तभी उन्हें लगा आसमान में कहीं , कृष्ण की छवि दिखाई दे रही है। 'हुँ....ह, मैं भी कितनी पागल हूँ, मुझे हर जगह, कृष्ण के होने का भान होने लगा है'....मन में

आया और उन्होंने आँख बन्द कर ली।

दोपहर का समय था, सो रक्तिम सा कुछ प्रकाश बन्द आँखों में झलका और वहाँ भी कृष्ण की छवि दिखाई पड़ी।.... 'अरे, कृष्ण तुम कहाँ कहाँ हो, ऊपर आसमान में भी और मेरी बन्द आँखों में भी, और ये फूल तुम्हीं ने उस पक्षी के द्वारा मुझे भेजा है क्या'....राधा के मन में आया।

इसी समय आसमान में काले बादलों के कुछ टुकड़े से आकर तैरने लगे। हवा में कुछ ठण्डक सी आ गयी और धूप की तपन कम लगने लगी। नदी के दूसरी ओर एक मोर नाचता दिखाई पड़ा। राधा के मन में आया, काश उनके भी पंख होते और वे भी आसमान में उड़ सकतीं या कम से कम उस मोर जैसी नाच ही सकतीं।

"अरी राधा।" पीछे से एक स्वर सुनायी दिया। राधा ने पीछे मुड़कर देखा, ललिता थीं।

"कहाँ खोई हुई हो? ललिता ने उनसे कहा।

"बस काम समाप्त हुआ तो यहाँ आकर बैठ गयी थी।"

"सुना तुमने?"

"क्या?" राधा ने उत्साह से पूछा। उन्हें लग रहा था कि अवश्य ही ये कृष्ण के आने का कोई समाचार होगा।.... 'हो सकता है, वे मथुरा से चल पड़े हों'....उनके मन में आया और अनायास ही यही प्रश्न बन कर मुख से भी निकल गया,

"कृष्ण मथुरा से चल पड़े हैं क्या?" उन्होंने पूछा

"हाँ चल तो पड़े हैं किन्तु गोकुल के लिये नहीं," ललिता ने कहा।

"क्या कह रही है, गोकुल के लिये नहीं तो फिर कहाँ के लिये?"

"हस्तिनापुर के लिये।"

"क्यों?"

"आना तो वो यहाँ चाहते थे किन्तु पिता की इच्छा के अनुसार अपनी बुआ कुन्ती का समाचार लेने हस्तिनापुर जा रहे हैं। उनके पति का देहान्त हो चुका है और सम्भवतः उनके और उनके बच्चों के साथ उनके देवर और इस समय हस्तिनापुर के सिंहासन पर आसीन धृतराष्ट्र और उनके बेटों का व्यवहार अच्छा नहीं है।"

इस समाचार से राधा के सीने में जैसे बहुत जोर से धक्का सा लगा। राधा ने अपना सिर पकड़ लिया, बोलीं,

"ललिते, ये भी मेरा भाग्य ही तो है।"

ललिता इस पर क्या कहतीं, मौन होकर भूमि की ओर देखने लगीं।

राधा ने आसमान की ओर देखा। अभी कुछ देर पूर्व काले बादलों के जो

टुकड़े आये थे, अब नहीं थे । उन्होंने अनुभव किया, धूप की तपन, जो कुछ देर पहले कम हो गयी थी, अब फिर वैसी ही हो गयी थी । नदी के उस पार जो मोर नाचता दिख रहा था, अब पता नहीं कहाँ उड़ गया है । मन जो कुछ देर पहले उड़ने या नाचने का कर रहा था अब रोने का कर रहा है ।

"चलो घर चलें ।" ललिता ने राधा का हाथ पकड़कर कहा ।

"कुछ देर रुक कर चलें ?" राधा ने ललिता की ओर देखकर कहा । ललिता ने देखा, राधा के मुख पर पीड़ा भरी फीकी मुस्कान थी । तभी अचानक किसी कारण से पास में ही कहीं से जमीन पर पड़े सूखे पत्तों के टूटने की आवाज हुई ।

"ललिता, अक्सर कृष्ण जब आते थे तो उनके चलने से पत्तों के टूटने से इसी तरह की आवाज होती थी न ?" राधा ने ललिता से कहा ।

"हाँ ।" ललिता का छोटा सा उत्तर था । तभी हवा का एक ठण्डा सा झोंका भी मानो दौड़ता हुआ सा आ गया ।

" कृष्ण के आने पर कभी कभी हवा के इसी तरह के ठण्डे झोंके आते थे न, ललिता ?" राधा ने ललिता के मुख की ओर देखते हुये कहा ।

"हाँ ।" ललिता ने कहा ।

"और जानती है, यहाँ जहाँ हम बैठे हैं, रात में ओस क्यों गिरती है ?"

"रात में ओस तो सभी जगह गिरती है राधा ।"

"हाँ...,सो तो है, पर यहाँ क्यों गिरती है, हमारी इस कालिन्दी के आस पास ?"

"क्यों ?"

"क्योंकि यहीं तो आकाश से आकर ब्रह्मा जी ने हमारा विवाह रचवाया था ।"

"तो ?"

"तो यहाँ के आसमान के चन्द्रमा और तारे रात भर कृष्ण के वियोग में रोते हैं, और ये उनके आँसू हैं जो हमें ओस जैसे दिखाई पड़ते हैं ।"

अब ललिता ने राधा का हाथ पकड़कर उन्हें उठा दिया, बोलीं,

"ललिता, देख इसी पगडण्डी से तो होकर कृष्ण और हम सब लोग यहाँ आते थे ।"

"हाँ, तो ?"

"यह भी गायब होती जा रही है और इस पर भी धीरे धीरे घास उगने लगी है ।"

ललिता ने राधा की मनःस्थिति समझी । उन्हें कन्धे से पकड़ कर स्नेह से अपने से सटा लिया और फिर दोनों सखियाँ धीमे और थके हुए से कदमों से वापस हो लीं । रात हुई तो दो अलग अलग घरों में दो अलग अलग लड़कियाँ अपने अपने बिस्तर

पर लेटीं, अपने अपने तकिये को आँसुओं से भिगो रही थीं।

खो गयी
सपनों के गाँव की
पगडण्डी
खामोशी कहती है
अलगनी पर टाँग दो
सारी संवेदनायें

राधा, कृष्ण और समय के पद चिन्ह

13 भीतर दीप जला तो

उद्धव, कृष्ण के पिता वसुदेव के भाई देवभग के पुत्र थे। संस्कृत में उद्धव का अर्थ उत्सव या यज्ञ की पवित्र अग्नि होता है। उनका वास्तविक नाम वृहदबल था। वृहदबल स्वयं कृष्ण के समान ही श्याम वर्ण और अति आकर्षक व्यक्तित्व के स्वामी थे। उन्होंने दान, व्रत, तपस्या, यज्ञ, जप और वेदों के अध्ययन के द्वारा स्वयं को लगभग निष्काम कर लिया था, और उनके अति श्रेष्ठ आचरण के कारण लोग उन्हें उद्धव कहने लगे थे। उनका ज्ञान इतना अधिक था कि उन्हें देवताओं के गुरु ब्रहस्पति का शिष्य कहा जाने लगा था।

मथुरा में रहते हुए भी कृष्ण को गोकुल निवासियों का ध्यान था। वे उन्हें भूले नहीं थे किन्तु गोकुल के जो समाचार उन्हें मिल रहे थे, उनके अनुसार अन्य लोग तो उन्हें स्मरण रखते हुये भी धीरे धीरे सामान्य होते जा रहे थे, किन्तु एक विरहिणी नायिका की भाँति राधा धीरे धीरे चिन्ताजनक स्थिति की ओर बढ़ती जा रही थीं।

उद्धव से कृष्ण की मित्रता थी और उद्धव के मन में कृष्ण के लिये बहुत अधिक सम्मान था। उद्धव ज्ञानी तो थे ही, बड़े दार्शनिक भी थे। व्यक्ति को भौतिक साधनों और इन नश्वर शरीरों के प्रति आसक्त नहीं होनी चाहिये, अपना यह मत वे कृष्ण के साथ होने वाली वार्ताओं में कई बार व्यक्त कर चुके थे और सम्भवतः उन्हें अपने इस ज्ञान पर कुछ अभिमान सा भी था।

एक बार जब वार्तालाप के मध्य राधा का प्रसंग आने पर उद्धव जी ने अपना यह मत पुनः कृष्ण के सम्मुख रखा तो कृष्ण मन ही मन मुस्कराये।

"उद्धव जी, आप तो इतने ज्ञानी हैं, एक छोटा सा कार्य मेरा भी कर दें तो मैं आपका आभारी रहूँगा।"

"आज्ञा करें, प्रभु।" उत्तर मिला।

"आप स्वयं एक बार गोकुल जा कर उन लोगों को, जो वहाँ मेरी अनुपस्थिति से बहुत व्याकुल हों, थोड़ा समझाइये। उनका वह कष्ट मेरा भी कष्ट बनता जा रहा है।"

कृष्ण की किसी भी बात को नकारने का तो प्रश्न ही नहीं था। उद्धव जी सहज ही इस पर सहमत हो गये तो कृष्ण ने कहा,

"और हाँ, राधा कुछ अधिक ही व्याकुल हैं। आप उन्हें समझायेंगे तो हैं ही साथ में मेरा एक पत्र भी लिये जाइयेगा, उन्हें दे दीजियेगा।"

"जी।" उद्धव ने कहा।

कृष्ण से इस वार्तालाप के बाद दूसरे दिन ही उद्धव वहाँ से गोकुल के लिये चल पड़े।

* * *

उद्धव गोकुल की सीमा में प्रवेश कर चुके थे। उन्हें लग रहा था कि यहाँ का आकाश, यहाँ की हवा, सरोवर, यमुना की धार, वृक्ष, फूल, पक्षियों का कलरव सब कुछ आज तक वे जो अनुभव करते रहे हैं, उससे बहुत अलग और बहुत अधिक सुन्दर हैं। कुछ मुग्धता की स्थिति में वे नन्द के द्वार तक पहुँचे। उनका बहुत अधिक सत्कार हुआ किन्तु जब यशोदा से भेंट हुई तो थोड़ी देर की वार्ता के बाद ही उन्हें लगा कि वे इन्हें कुछ समझा नहीं पायेंगे। फिर उन्होंने प्रयास भी नहीं किया।....'माँ का अपने बालक के प्रति प्रेम है, वह कहाँ समझेगी'....उन्होंने सोचा।

इस मध्य कृष्ण के सन्देश-वाहक के रूप में उनके आने का समाचार पूरे क्षेत्र में फैल चुका था। बहुत से गोप और गोपियाँ वहाँ आ चुके थे। उद्धव जी को पता था कि कुछ गोपियाँ कृष्ण के वहाँ न होने से अधिक ही व्याकुल हैं। उद्धव जी ने उन्हें समझाने का विशेष प्रयत्न करने लगे। तभी,

"आप तो कमल के पत्ते के समान हैं।" एक गोपी ने कहा।

"अर्थात?" उद्धव जी ने इस तुलना का कारण न समझते हुये पूछा।

"जैसे कमल का पत्ता जल में रहते हुये भी जल से अप्रभावित रहता है वैसे ही आप भी कृष्ण के साथ रहते हुये भी उनके प्रभाव से मुक्त हैं।"

"आप बहुत भाग्यशाली भी हैं उद्धव जी," एक और गोपी का स्वर सुनायी पड़ा।

"ऐसा क्यों कह रही हो तुम?" उद्धव जी ने उस गोपी से पूछा।

"कृष्ण का व्यक्तित्व बहुत ही आकर्षक और असाधारण है। साधारण व्यक्ति के लिये उसके आकर्षण से बचना कठिन है किन्तु आप उससे नितान्त अछूते हैं। आपको उनसे अलग होना सता नहीं सकता है, यह आपका सौभाग्य ही तो है।"

"हे उद्धव हम निरे काठ नहीं हैं जिस पर भावनाओं का कोई प्रभाव न हो।" एक अन्य गोपी ने कहा।

"आप जिनका सन्देश लाये हैं हम उनकी भाँति निष्ठुर भी नहीं हैं।" एक अन्य स्वर आया।

"हम प्रेम से सर्वथा शून्य भी नहीं हैं।" किसी गोपी ने कहा।

"हमने निर्गुण का व्रत भी नहीं ले रखा है।" किसी अन्य ने कहा।

"अच्छा है कि हम बहुत ज्ञानी नहीं हैं, बहुत अधिक ज्ञान दम्भ को भी जन्म देता है।" एक और गोपी ने कहा।

'उफ़, कितने व्यंग्य!'....उद्धव मन ही मन विचलित हो उठे थे तभी एक और स्वर आया,

"आदरणीय, आप तो इतने ज्ञानी हैं, कृपया यह तो बताते जाइये कि कृष्ण के विरह में जलती हुई राधा, यदि जीवित न रह सकी, तो इसका पाप किसे लगेगा।"

अब उद्धव के लिये वहाँ और ठहरना कठिन हो गया। ....'कितने मार्मिक व्यंग्य बाण चल रहे हैं,'....उन्होंने स्वयं से कहा....'किन्तु, राधा अवश्य ही इन सबसे अधिक समझदार होंगी और फिर कृष्ण के अनुसार सबसे अधिक दुःखी भी तो वहीं हैं'....सोचते हुये उद्धव ने गोपियों से विदा लेकर राधा के घर की ओर प्रस्थान किया।

वे राधा के घर गये। उनसे भेंट की। कृष्ण का पत्र भी दिया, किन्तु उन्हें कुछ भी समझा सकने के स्थान पर उनसे ही बहुत कुछ समझने के बाद उन्होंने मथुरा वापस जाने का मन बना लिया।

∗ ∗ ∗

उद्धव जी वापस जाने के लिये राधा के घर से निकले। ....'कभी कभी हम क्या सोचते हैं और क्या सामने आ जाता है'....सोचते हुये वे बाहर आये और उनके घर की ओर मुख करके कुछ पल हाथ जोड़ कर खड़े रहे, फिर झुककर उस घर की मिट्टी मस्तक पर लगा ली। वृषभानु पास ही थे,

"अरे यह क्या उद्धव जी?" उन्होंने उद्धव से पूछा।

"यहाँ स्वयं राधारानी रहती हैं। यह कोई साधारण घर नहीं मन्दिर है।" उद्धव जी ने उत्तर दिया। भावनायें बहुत बदल चुकी थीं।

उद्धव का रथ जब गोकुल की सीमा के बाहर पहुँचा तो उन्होंने रथ रुकवाया,

उतरे और बरसाने की ओर जिधर राधा का घर था उस ओर मुख करके खड़े हुये, फिर घुटनों के बल भूमि पर बैठे और उसी दिशा में हाथ जोड़कर सिर झुका दिया।

'माँ, मैं अज्ञानी था, तुमने अपने दर्शन देकर मुझे कृतार्थ कर दिया'....उन्होंने मन ही मन राधारानी को सम्बोधित किया, फिर सिर उठाया एक दृष्टि गोकुल की ओर डाली।....'इस पावन भूमि की माटी को प्रणाम,'....मन ही मन कहते हुए उन्होंने उस भूमि पर अपनी हथेली रखी। उसमें मिट्टी लग गयी। उन्होंने हथेली वैसी ही अपने मस्तक में लगाकर उस मिट्टी से मस्तक को सजाया और पुनः रथ पर बैठ कर मथुरा की ओर चल पड़े।

उद्धव मथुरा पहुँचे तो कृष्ण ने हँस कर उनका स्वागत किया। वे बहुत कुछ बदले से लग रहे थे। कृष्ण के पूछने पर उन्होंने राधा की तुलना पानी में रहते हंस से की जो पानी में रहता तो हैं किन्तु भीगने के असर से अप्रभावित रहता है।

और इसके बाद एक दिन कृष्ण ने देखा, उद्धव सुबह सुबह ही नेत्र बन्द किये और गोकुल की ओर हाथ जोड़े बहुत ही धीमे धीमे स्वरों में कुछ बोल रहे थे। स्पष्ट था कि वे कुछ प्रार्थना कर रहे थे। कृष्ण चुपचाप उन्हें देखते खड़े रहे। कुछ देर बाद उद्धव की प्रार्थना समाप्त हुई तो उन्होंने नेत्र खोले, कृष्ण बगल में खड़े मुस्करा रहे थे।

"अरे आप!" कहते हुये उद्धव कृष्ण के चरण छूने के लिये झुके तो कृष्ण ने उन्हें अपने हाथों में थाम लिया।

"यह क्या उद्धव जी हम तो मित्र हैं न?" कृष्ण ने कहा।

"आप मुझे मित्र समझते हैं, यह आपका बड़प्पन और मेरे लिये सौभाग्य का चरमोत्कर्ष है। इससे अधिक इस मानव देह में रहकर व्यक्ति और कुछ चाह भी नहीं सकता है।" उद्धव ने कहा।

"यह क्या कह रहे हैं उद्धव जी, किसी भ्रम में हैं क्या?"

"अँधेरे में भ्रम तो रहता ही है प्रभु। राजराजेश्वरी माता राधारानी की कृपा से भीतर का दीप तो अब जला है।"

"अरे, अच्छा!" कृष्ण के ओठों पर मुस्कान थी।

"हाँ, आप मानव देह में स्वयं साक्षात ईश्वर हैं और राधारानी पृथ्वी से लेकर ब्रह्मलोक तक आपकी संगिनी। वे आपकी आह्लादकारी शक्ति हैं। वे आपकी कामनारहित भक्ति का मानवीकरण हैं। स्वार्थरहित प्रेम का प्रतीक हैं। आपमें और उनमें कोई अन्तर नहीं है।

ईश्वर ही पुरुष रूप में कृष्ण और स्त्री रूप में राधा हैं। इस देह में आत्मा वही हैं। ऋषि और मुनि जिस आध्यात्मिक विकास के लिये प्रयासरत रहते हैं राधा

उसका मूर्तरूप हैं। अभी वे एक गोपी के रूप में हैं, किन्तु वे ही दुर्गा और वे ही काली हैं।”

“अरे, ये सब किसने कहा आपसे राधा ने?”

“नहीं, वे क्यों कहेंगी?”

“फिर?”

“पत्थर की बनी भगवान की मूर्ति किसी के लिये बस पत्थर होती है और किसी अन्य को उसमें भगवान के दर्शन होते हैं। जिसे उसमें भगवान के दर्शन होते हैं उससे वह मूर्ति कहती थोड़े ही है कि मैं भगवान हूँ। यह तो स्वयं की दृष्टि का अन्तर ही होता है न।” उद्धव ने कहा।

कृष्ण उनकी बातों को मुस्कराते हुये सुन रहे थे।

“मैं भी उन राजराजेश्वरी को साधारण गोपी समझ कर उन्हें समझाने गया था, किन्तु उनके दर्शनों और उनकी बातों को सुनने के पश्चात मुझे जो लगा, वही मैंने अभी आपसे कहा है।” उद्धव ने आगे कहा।

इसके बाद कृष्ण मुस्कराते हुये ही वहाँ से हट गये।

14. ये भी तो हैं.......

महर्षि वेदव्यास द्वारा रचित 18 पुराणों में एक है ब्रह्मवैवर्त पुराण । इस पुराण के अनुसार बरसाने में एक बहुत विद्वान पण्डित उग्रपत रहते थे । एक बार वृषभानु ने एक विशाल यज्ञ का आयोजन किया । उग्रपत महापण्डित थे । उन्होंने इस यज्ञ को विधिवत पूरा करने में वृषभानु का बहुत अधिक सहयोग किया । दोनों पहले से ही मित्र थे, किन्तु इस कार्य ने उन्हें बहुत घनिष्ठ मित्र बना दिया । उग्रपत के एक पुत्र अयन था । उग्रपत का पुत्र होते हुये भी अयन उन सभी सद्गुणों से दूर था जो एक व्यक्ति को सम्मान-योग्य बनाती हैं ।

अयन राधा पर मोहित था और इस कारण कृष्ण के प्रति ईर्ष्या और शत्रुता का भाव रखता था । एक दिन जब वे गौओं को लेकर वन में गये हुए थे, अयन भी अपने दो मित्रों के साथ वहाँ पहुँच गया ।

कृष्ण बहुधा जब वन में होते थे, तब गायों के चरने के लिये छोड़ने के बाद किसी वृक्ष के नीचे एक पैर तिरछा रखकर खड़े हो जाते थे । उस समय मुरली सहज ही उनके ओंठो पर आ जाती थी और वातावरण में संगीत गूँज उठता था, और उसकी ध्वनि से आकर्षित हुए बहुत से गोप और गोपियाँ भी वहाँ आकर जुट जाते थे ।

उस दिन भी वैसा ही हुआ । गौओं के इधर उधर होने के बाद बलराम कुछ दूर जाकर एक वृक्ष के नीचे आराम से बैठ गये और उनके निकट ही एक वृक्ष के नीचे एक पैर तिरछा रखकर कृष्ण खड़े हुये और मुरली बजाने लगे ।

माँ यशोदा द्वारा उनके मस्तक पर लगाया मोर पंख और गले में पहनायी वैजयन्ती माला भी थी । वैजयन्ती एक फूल का पौधा होता है, जिसमें बहुत सुगधित लाल और पीले फूल निकलते हैं । इस फूल के कड़े दाने कभी टूटते या सड़ते नहीं और सदैव चमकदार बने रहते हैं । यह भी एक विश्वास है कि इस वैजयन्ती माला में शोभा, सौन्दर्य और माधुर्य की देवी लक्ष्मी जी छिपी रहती हैं ।

माँ यशोदा ने यह माला पहनाते समय कहा था,

"कृष्ण, जैसे इसके दाने कभी टूटते नहीं और सदैव चमकदार बने रहते हैं ऐसे ही जीवन भर तुम भी कभी टूटना मत और चमकते बने रहना।"

"जी माँ।" कृष्ण ने कहा था।

"और एक बात और है, कृष्ण।"

"क्या?"

"देखो बीज जमीन से जुड़ कर विस्तार पाता है।"

"हाँ।"

"तो जीवन में आगे बढ़ना है तो जमीन से जुड़कर रहना है।"

"समझ गया माँ।" कृष्ण ने कहा और झुक कर उनके पैर छुए तो यशोदा ने उन्हें गले से लगा लिया।

कृष्ण ने मुरली बजाना प्रारम्भ किया ही था कि राधा सामने से आती दिखाई दे गयीं।

"अरे तुम!" कृष्ण ने उन्हें देखकर मुरली बजाना रोक कर कहा।

"हाँ मैं, पर तुमने मुरली बजाना क्यों बन्द कर दिया, मैं इसे सुनने ही तो आयी थी।" राधा ने कहा और वहीं पास में उनकी ओर मुख करके बैठ गयीं। कृष्ण फिर से मुरली बजाने लगे।

प्रारम्भ में मुरली का स्वर कुछ धीमा था, फिर तेज हो गया और इसी समय हवा के बहने की गति भी कुछ तीव्र हो गयी, जिससे राधा के केश हवा में उड़ कर उनके मुख पर आने लगे, जिन्हें राधा बार बार अपनी उँगलियों से व्यवस्थित करने लगीं। यह देख कर कृष्ण धीरे से हँस पड़े।

-"क्यों हँसे?" राधा ने प्रश्न किया।

-"कुछ नहीं, देख रहा था कि हवा के साथ साथ कुछ काले काले बादल बार बार आ कर चन्द्रमा को ढकने का प्रयास कर रहे हैं और किसी को बार बार उन्हें चन्द्रमा पर से हटाना पड़ रहा है।"

राधा समझ गयीं कि कृष्ण का ये परिहास उनके मुख पर बार बार आते बालों को ले कर ही है।

-"अच्छा मुरली बजाने के साथ साथ कविता भी लिखी जा रही है?" राधा ने कहा।

-"हे चन्द्रमा देखो, राहु और केतु भी घात लगाये यहीं पास में ही हैं।" कृष्ण ने हँसते हुए कहा।

-"राहु, केतु ! कहाँ ?" राधा ने आश्चर्य से पूछा

-"यहीं तुम्हारे पीछे।"

-"मेरे पीछे ! कहाँ ?" चौंकते हुए राधा ने कहा।

अयन और उसके दोनों मित्र बहुत दूर नहीं थे। कृष्ण ने हलके से अपनी आँखों से ही उनकी ओर संकेत किया। राधा ने अयन और उसके मित्रों की ओर देखा और ओंठ बिजका दिये।

-"क्या हुआ ?" कृष्ण ने पूछा।

-"होंगे, मुझे क्या, सूर्य भी तो यहीं है, मेरे पास।"

-"अरे तुम भी कविता लिखने लगीं ?" कृष्ण ने हँसते हुए कहा।

-"क्यों, कविता बस तुम्ही लिख सकते हो क्या ?"

कृष्ण, राधा के इस उत्तर पर मुस्कराये, मुरली उठा कर फिर से ओंठो पर रख ली और मुरली के स्वर वातावरण में फिर गूँजने लगे।

अयन ने कृष्ण की नकल करते हुये अपने बालों में एक मोर का पंख फँसा रखा था। गले में किन्हीं बीजों की एक माला भी डाल रखी थी और एक लकड़ी को बाँसुरी की तरह ओंठो से लगा कर कृष्ण की भाँति ही एक पैर तिरछा करके खड़ा था। उसका एक मित्र पास ही राधा की भाँति ही बैठकर बाँसुरी सुनने की नकल कर रहा था और दूसरा बलराम की नकल करता हुआ पास ही बैठा था। तीनों कृष्ण की ओर देख देखकर मजाक उड़ाने जैसी भंगिमा में हँस रहे थे।

कृष्ण बाँसुरी बजाने में तल्लीन थे और राधा उन्हीं की ओर मुख करके बैठी हुयी थीं, इस कारण इन लोगों की ओर राधा की पीठ थी, किन्तु बलराम जो कुछ ही दूरी पर थे, उन्होंने अयन और उसके मित्रों को इस प्रकार नकल उतारते देख लिया। वे धीरे से उठकर कृष्ण की ओर आये।

"कृष्ण, उस ओर देखो।" उन्होंने पास आकर धीरे से कहा। कृष्ण ने बाँसुरी नीचे की और बोले,

"मतिभ्रष्ट और मूर्ख हैं, उनकी ओर क्या देखना।"

"थोड़ा रुको, मैं इन्हें सबक सिखा कर आता हूँ।" बलराम ने कहा। वे थोड़ा उग्र स्वभाव के थे।

"छोड़िये दादा, उन्हें ऐसे ही थोड़ा सा हँस लेने दीजिये।"

"अरे नहीं, क्यों ?" बलराम ने कहा।

बलराम ने अपनी बात समाप्त ही की थी तब तक पता नहीं कहाँ से अयन के पीछे से एक गाय आयी और उसने अयन की पीठ पर बड़ी शक्ति से अपनी सींगों से

प्रहार किया। अयन कमर पर हुये इस अचानक प्रहार से चींखते हुये हवा में उछल कर कुछ दूर जा गिरा। यह देखकर राधा बना हुआ लड़का वहाँ से भागने के लिये तेजी से उठा, किन्तु तब तक गाय ने उसके पास आकर उस पर भी अपने सींगों से प्रहार कर दिया। वह भी चिल्लाता हुआ हवा में उछल कर भूमि पर गिरा। अब तक तीसरा लड़का वहाँ से हटकर दूर खड़ा हो गया था। गाय उसके पीछे भी दौड़ी और कुछ दूर तक उसे दौड़ाने के बाद शान्त होकर वहाँ से चली गयी।

अब कृष्ण और बलराम उनके पास गये। उन्हें सहारा देकर उठाया, सान्त्वना दी, पीड़ा के स्थान पर सहलाया और पास से खोजकर कुछ ऐसे पत्ते लाये, जिनके रगड़ने से पीड़ा कुछ कम हो सकती थी और उन पत्तों को उनकी चोटों पर रगड़ा। थोड़ा सा चलने लायक हुये तो दोनों वहाँ से चले गये। उनकी चाल देखकर कृष्ण को कुछ हँसी आ गयी, उन्होंने बलराम, से कहा,

"दादा देखा, आप व्यर्थ ही कष्ट करते, गोमाता ने ही उन्हें सबक दिया। सम्भवतः यह प्रकृति का न्याय है।"

"सच कहते हो।" बलराम ने हँसकर कहा।

* * *

कृष्ण के मथुरा जाने और फिर वहाँ से हस्तिनापुर चले जाने के बाद शीघ्र लौटने की आशा लगभग समाप्त ही हो गयी थी और राधा एकाकी और सुस्त रहने लगी थीं, तब अयन को लगा कि कृष्ण तो गये और राधा में भी वह अल्हड़पन नहीं बचा है तो अब उसकी राधा को पाने की कामना पूरी हो सकती है।

इस प्रयास में उसने जब भी कहीं राधा दिखाई दें, उनके पास पहुँचने और उनसे बात करने के प्रयास प्रारम्भ कर दिये, उसके एक दो प्रयासों के बाद ही राधा को उसका मन्तव्य समझ मे आ गया। एक बार जब वे अपनी सखियों के साथ कहीं जा रही थीं, तभी उन्होंने देखा कि अयन उन लोगों के पीछे पीछे ही आ रहा था।

"इसे आगे निकल जाने देते हैं।" उन्होंने अपनी सखियों से कहा और अपनी सखियों समेत मार्ग से एक ओर हट कर धीरे धीरे चलने लगीं, किन्तु अब अयन उनके सामने ही आ कर खड़ा हो गया।

"क्या है।" राधा ने पूछा।

"इतनी सुस्त और उदास सी क्यों रहती हो राधा?" अयन ने कहा।

"नहीं, न मैं सुस्त रहती हूँ न उदास।" कह कर राधा चेहरे को सख्त बनाते हुये वहाँ से आगे बढ़ गयीं।

इसके बाद भी अयन ने हिम्मत नहीं हारी। वह उनसे कहीं एकान्त में मिलने का अक्सर ढूँढने लगा और एक दिन उसे यह अवसर मिल भी गया। उस दिन राधा, ललिता के साथ कालिन्दी के तट पर बैठी हुई थीं। भाग्यवश अयन भी वहाँ पहुँच गया और कुछ दूर खड़े होकर उन्हे देखने लगा। कुछ देर बाद किसी कारणवश ललिता उठीं और कुछ दूर चली गयीं। अयन को यह उचित अवसर लगा और वह धीरे से राधा के पास पहुँच गया।

"राधे।" उसने आवाज दी।

राधा कालिन्दी के पानी के प्रवाह को देखती कुछ खोई खोई सी बैठी थी। अचानक इतने पास से उसकी आवाज सुनकर चौंक सी गयीं। इस तरह से 'राधे' कहकर उन्हें बस कृष्ण या सखियाँ ही बुलाती थीं। राधा ने आवाज देने वाले की ओर देखा।

"तुम? यहाँ कब आये?" उन्होंने कुछ आश्चर्य और कुछ रोष से पूछा।

"बस अभी थोड़ी देर पहले ही।"

"तो यहीं कहीं छिपे हुये थे?" राधा की आवाज में अब कुछ अधिक ही रोष था।

"नहीं, बस यहीं पीछे तो खड़ा था।"

"क्या चाहते हो?"

"कुछ नहीं, पर तुम मुझसे कुछ रुष्ट सी क्यों रहती हो?"

"मुझे लगता है तुम किसी भ्रम में हो अयन।" राधा ने कहा।

"कैसा भ्रम?"

"मैं तुमसे रुष्ट या प्रसन्न कुछ भी क्यों होऊँगी?" राधा ने कहा और अब तक ललिता भी वापस आ गयी थीं। अयन मन ही मन बहुत कुढ़ गया, किन्तु चुपचाप वहाँ से वापस हो लिया।

　राधा, कृष्ण और समय के पद चिन्ह

15. सम्बन्ध के प्रयास

महापण्डित उग्रपत को अपने बेटे अयन के स्वभाव और आदतों का अनुमान था और यह उन्हें पीड़ा देता था।....'हो सकता है, विवाह और गृहस्थी के बोझ उसे कुछ समझदार बना दें'....एक दिन उन्होंने सोचा।

"सुनो," उन्होंने पत्नी को आवाज दी।

"हाँ।" अयन की माँ उनके पास आ गयीं।

"अपना अयन बड़ा हो गया है, मुझे लगता है, अब इसका विवाह हो जाना चाहिये।" उग्रपत ने कहा।

"उचित तो है, पर कोई अच्छी लड़की है क्या दृष्टि में।"

"अच्छी नहीं बहुत अच्छी।"

"कौन?"

"वृषभानु जी मेरे मित्र हैं। उनकी लड़की राधा सयानी भी है, साथ ही सद्गुणी और सुन्दर भी। उनसे बात करके देखता हूँ।" उग्रपत ने कहा।

"अच्छा है, देखियेगा।"

पत्नी की सहमति के बाद उग्रपत एक दिन समय निकाल कर वृषभानु जी से मिले

"आपसे कुछ माँगने आया था।" उग्रपत जी ने वृषभानु से कहा।

"जी, महापण्डित आदेश करें।"

"मेरा बेटा अयन है।"

"जी।"

"विवाह योग्य हो चुका है।"

"अच्छा।"

"उसके लिये आपकी बेटी राधा का हाथ माँगने आया हूँ, उस जैसी सुलक्षणी बहू घर में आ जायेगी तो मेरा घर सँवर जायेगा।"

महापण्डित उग्रपत का यह प्रस्ताव सुनकर वृषभानु कुछ सोचने लगे।

"आप अच्छी तरह सोच विचार कर लें। घर में भी विचार-विमर्श कर लें फिर उत्तर दें।" उग्रपत ने वृषभानु से कहा।

"ठीक है, मैं शीघ्र ही आपको सूचित करूँगा।" वृषभानु ने कहा।

उग्रपत के जाने के बाद वृषभानु ने कीर्तिदा से इस पर चर्चा की।

"घर और कुल तो ठीक है, पर मैं एक बार राधा का मन भी टटोल लूँ तो अच्छा रहेगा।" कीर्तिदा ने कहा।

"ठीक है, इस बीच मैं भी अयन के सम्बन्ध में कुछ और पता करता हूँ।" वृषभानु ने कहा।

* * *

वृषभानु के बाहर जाने के बाद कीर्तिदा ने राधा को बुलाया,

"राधा, तुम्हारे लिये एक सम्बन्ध की बात आयी है," कीर्तिदा ने कहा।

"कैसा सम्बन्ध?"

"विवाह का। जो इस आयु में हर लड़की को करना होता है।"

राधा इस पर चुप हो गयीं कुछ भी नहीं बोलीं।

"इनके मित्र महापण्डित उग्रपत का लड़का है, अयन। घर और कुल दोनों बहुत अच्छे हैं।"

राधा अब भी चुप ही रहीं।

"कुछ तो बोल बेटी।" कीर्तिदा ने कहा।

"माँ।"राधा से धीरे से सिर डाले डाले कहा।

"हाँ, बोल संकोच मत कर।"

"एक बार....।" अब राधा ने अयन के व्यवहार से जो कुछ अनुभव किया था सब बता डाला।

"अरे, वो ऐसा लड़का है, ठीक है मैं तेरे पिता को बता दूँगी। वे तेरे लिये कोई अन्य लड़का देखेंगे।"

"माँ....।" राधा से सिर झुकाये झुकाये ही कहा।

 राधा, कृष्ण और समय के पद चिन्ह

“कुछ और कहना है?”

“माँ मैं विवाह नहीं कर सकती।”

“अरे ये कैसी बात है बेटी? विवाह तो सभी करते हें, तू क्यों नहीं करेगी।”

“क्योंकि....।” कह कर राधा फिर चुप हो गयीं।

राधा के ‘क्योंकि’ कहने के बाद कीर्तिदा उनका मुख देखने लगीं, किन्तु कुछ देर तक राधा ने जब कुछ भी नहीं कहा तो कीर्तिदा ने ही चुप्पी तोड़ी,

“क्या कह रही थीं राधा, कहो और निःसंकोच कहो, तुम हमारे लिये ईश्वरीय अनुकम्पा हो और तुम्हारी हर इच्छा हमारे लिये ईश्वरीय आदेश के समान ही है।”

“माँ, ये सब आप जानिये, मैं तो बस इतना जानती हूँ कि मैं आप और पिताश्री की बेटी हूँ।”

इस पर कीर्तिदा ने मुस्करा कर राधा के सिर पर अपना हाथ रखा और

“चल बता क्या कह रही थी, क्यों नहीं करेगी विवाह?” उन्होंने पूछा।

“माँ।” कहकर राधा पुनः चुप हो गयीं।

“कुछ कहो तो राधा, ऐसे मैं क्या समझूँगी?”

“माँ मेरा विवाह हो चुका है।” राधा ने धीरे से कहा।

“क्या? क्या कह रही है राधा?”

“मैं सच कह रही हूँ माँ, मेरा विवाह हो चुका है।”

“कब और किससे?”

“कृष्ण से।”

“लेकिन कब और कहाँ?”

अब राधा ने कृष्ण के साथ कालिन्दी के तट पर देखे स्वप्न और उसके बाद हुए घटना-क्रम के बारे में उन्हें बताया।

“पर बेटी यह तो स्वप्न की बात है। स्वप्न में तो हम पता नहीं क्या क्या देखते रहते हैं।”

“पर माँ उसके बाद उन्होंने अपने अगूँठे के रक्त से मेरी माँग भी तो भरी थी।”

“वह सब बचपने का खेल भी तो हो सकता है?”

राधा ने पुनः मौन होकर सिर झुका लिया।

“राधा।” कीर्तिदा ने उनका सिर सहलाते हुये पुकारा।

“जी माँ।”

“कुछ बोल बेटी, ऐसे कब तक भीतर ही भीतर दुखी होती रहेगी।”

"वह खेल नहीं था माँ, और अब मैं किसी अन्य से विवाह के बारे में सोच भी नहीं सकती।"

"ठीक है, मैं समझ गयी।"

कहते हुए कीर्तिदा ने नीचे झुका हुआ राधा का मुख अपनी हथेली में लेकर ऊपर उठाया तो राधा ने पलकें झुका लीं और अनपेक्षित इस सहानुभूति से अश्रुओं की दो बूँदें उन के मुख पर लुढ़कती हुईं। माँ की हथेली पर आकर ठहर गयीं।

पीड़ा की डाली पर
बैठा है मन
पलकों ने बता दिया

* * *

उधर सन्ध्या को जब वृषभानु आये और कीर्तिदा के साथ बैठे तो,

"कीर्तिदा।" वृषभानु ने कहा।

"हाँ।"

"मैंने आज अयन के बारे में पता किया। वह महापण्डित का पुत्र अवश्य है किन्तु अध्ययन के नाम पर शून्य है और उच्छृंखल भी है।"

"अच्छा।"

"बस यही नहीं और भी पता नहीं क्या क्या लोग उसके बारे में कहते हैं।"

"क्या?"

"पता नहीं कहाँ से, पर यह भी एक अफवाह है कि वह नपुंसक है।"

"अरे! ये बात कहाँ से आयी होगी।" कीर्तिदा ने आश्चर्य से कहा।

"ईश्वर जाने, पर हाँ ऐसी बातें बहुधा चरित्र के कमजोर व्यक्तियों के लिये ही समाज में सुनाई पड़ती हैं।"

"हूँ.... । तो अब? " कहते हुये कीर्तिदा का मुख कुछ अजीब सा हो गया, और उस पर वितृष्णा का भाव बहुत स्पष्ट था।

"कुछ नहीं। हमें नहीं करना उससे अपनी राधा का विवाह।"

"तो इस सम्बन्ध की बात समाप्त?"

"हाँ, और क्या।"

"ठीक है।" कहकर कीर्तिदा ने सन्तोष की साँस ली।....'सम्बन्ध की बात

स्वयं ही समाप्त हो गयी अब मुझे इनसे राधा की बात नहीं बतानी पड़ेगी'....उन्होंने सोचा।

"कोई और सम्बन्ध देखता हूँ।" वृषभानु ने कहा।

"सम्बन्ध तो ऊपर वाले के यहाँ ही तय होते हैं। चिन्तित न हों, जब और जहाँ ईश्वर की इच्छा होगी, हो जायेगा।" कीर्तिदा ने कहा।

"हाँ सो तो है ही।"

16. स्मृतियाँ और वे

वृन्दावन से कुछ दूरी पर यह भाण्डीर वन था, जो निरा जंगल तो नहीं था पर जंगल जैसा अवश्य था। हर ओर दूर दूर तक पेड़ों का साम्राज्य था। चारों ओर शान्ति पसरी हुई थी और उस शान्ति को बस दो ही स्वर बार बार भंग कर रहे थे। इनमें एक था इधर उधर उड़ती और पेड़ों पर बैठी चिड़ियों का कलरव और दूसरा इन पेड़ों के मध्य से बहती यमुना की लहरों का कल-कल का उठता हुआ स्वर। एक और स्वर भी बार बार सुनाई देता था और वह था पेड़ों से गुजरती हवा का स्वर।

इस शान्त और सूनी जगह पर जगह जगह पेड़ों के कुञ्ज थे। ऐसे ही एक कुञ्ज में पीले वस्त्रों से सजी एक नवयुवती चुपचाप बैठी सामने बहती यमुना की उठती गिरती लहरों को निहार रही थी। सौन्दर्य की प्रतिमूर्ति उस युवती को देखकर सहज ही यह अनुमान हो रहा था कि वह शान्त तो थी पर, भीतर ही भीतर कहीं गहरी उदासी में भी थी।

स्वयं कृष्ण मथुरा जा चुके थे और उनकी स्मृतियों मे डूबी ये उनकी चिरसखी राधा थीं। वही राधा जो वृन्दावन के घरों, गलियों और उपवनों में सप्रयास, किन्तु बहुधा अनजान सी बनकर कृष्ण के आस पास दिखाई दिया करती थीं।

राधा ने आँखें उठाकर नदी की ओर देखा। कल, कल, कल करता लहरों का स्वर सुनायी पड़ने लगा।.... 'ये नदी हमेशा कल-कल करती रहती है, किस कल की बात करती है ये,'....राधा के मन में प्रश्न सा उठा।....'आने वाला कल या बीता हुआ कल....अब आने वाले कल का तो पता नहीं और बीता हुआ कल....वह....बीत तो गया....पर फिर भी बार बार सामने आकर खड़ा हो जाता है'....उन्होंने सोचा इसके साथ ही एक बीता हुआ कल उनके सामने आकर खड़ा हो गया।

कृष्ण को मुरली बजाना बहुत प्रिय था और राधा को उनकी मुरली का स्वर बहुत प्रिय था। मुग्धकारी लगता था, किन्तु साथ ही उन्हें अवसर पाते ही कृष्ण की मुरली को छिपाना भी बहुत प्रिय था। कृष्ण उसे परेशान से ढूँढ़ रहे होते, तब वे मन

राधा, कृष्ण और समय के पद चिन्ह

ही मुस्करा रही होती थीं। यह शरारती मुस्कराहट उनकी आँखों से झलकती थी।

"तुमने मेरी मुरली देखी है?" उनकी शरारत भरी आँखें देख कर कृष्ण उनसे पूछते।

"हाँ।"

"तो बताओ न कहाँ है?"

"मुझे क्या पता।"

"अरे अभी तो तुमने कहा कि देखी है।"

"तो इसमें क्या गलत है, देखी तो बहुत बार है।" राधा ने कहा और हँस पड़ी। हँसी में भी शरारत भरी थी। उनके मोतियों जैसे दाँत चमक उठे थे।

"लेकिन फिर तुम हँस क्यों रही हो?"

"अरे! हँसना तो मेरा स्वभाव है।"

"हूँ....सब समझता हूँ।" कहते हुये कृष्ण कुछ परेशान से हो गये। वे आस पास उसे ढूँढने लगे। तभी उनकी दृष्टि बचा कर राधा ने मुरली को अपने पीछे कुछ दूर पर रख दिया और कृष्ण से कहा,

"सुनो.... कृष्ण।"

"अब क्या है?"

"क्या ढूँढ़ रहे हो?"

"अरे, मैं अपनी मुरली ढूँढ़ रहा हूँ। तुम्हें पता नहीं है क्या?"

"पर वो तो इधर पड़ी है।"

"कहाँ?"

"ये देखो न इधर मेरे पीछे।"

"यहाँ कैसे आ गयी?"

"मुझे क्या पता।" कहकर राधा फिर हँस पड़ी।

"तुम फिर हँस रही हो।"

"अरे कहा न, हँसने का तो मेरा स्वभाव है।"

राधा की यह सारा दृश्य आज भी वैसे का वैसा ही स्मरण था।

विचारों का क्रम आगे बढ़ा तो मन में एक बात उठी। ....'कृष्ण मेरे सखा थे और मैं कृष्ण की सखी। स्वाभाविक ही हम एक दूसरे के प्रति आकर्षित थे, किन्तु अवश्य ही मेरा उनके प्रति आकर्षण, कृष्ण के मेरे प्रति आकर्षण से कहीं अधिक था। कृष्ण एक थे और मेरे जैसी गोपियाँ अनेकों। अतः यह स्वाभाविक ही तो है'....

राधा ने सोचा।

'कुछ लोग हमारे इस आकर्षण को प्रेम का नाम दे सकते हैं, किन्तु प्रेम तो दो लोगों के मध्य होता है, मुझे तो कृष्ण कभी अपने से अलग लगे ही नहीं....किन्तु व्यक्ति को स्वयं से भी तो प्रेम होता है। क्या मेरा प्रेम ऐसा ही है'....मन में प्रश्न उठा।

'और अब कृष्ण पता नहीं कहाँ होंगे, और अब वे मुझे स्मरण भी करते होंगे या नहीं....' राधा के मन में आया और भीतर कहीं शून्य सा छा गया। राधा ने अपने सीने में एक लम्बी सी साँस भरी, सिर को पीछे करके, जिस पेड़ के तने का सहारा लिये हुये थीं, उसी पर टिकाया और एक घटना का चित्र आँखों के आगे छा गया।

कृष्ण अपने मस्तक पर बालों के मध्य मोरपंख लगाये रहते थे। जिसे उनकी माँ यशोदा ने एक बार उनके बालों में यह कहते हुये लगा दिया था कि जैसे मोर, साँपों का नाश करता रहता है वैसे ही तुम्हें भी दुष्टों और समाज के शत्रुओं का नाश करते रहना है। इसके बाद से माँ रोज सुबह ही उनके मस्तक पर मोरपंख लगा दिया करती थीं।

उस दिन जब कृष्ण वन में गौओं के साथ थे, मैं भी वहाँ आ गयी थी। आश्चर्य, उस दिन कृष्ण के सिर पर मोरपंख नहीं थे। सम्भवतः कहीं मार्ग में गिर गये होंगे। हमारे क्षेत्र में मोर काफी थे। थोड़ा इधर उधर देखने से ही मुझे दो मोरपंख मिल गये। मैंने वे मोरपंख उठाये और कृष्ण के पास ले गयी,

"लो।" मैंने कृष्ण से कहा।

"क्या करूँ?" कृष्ण ने कुछ आश्चर्य से पूछा।

"इस समय तुम्हारे मस्तक पर माँ यशोदा द्वारा लगाये गये मोरपंख नहीं हैं, हो सकता है कहीं गिर गये हों।"

"अरे!" कहते हुये कृष्ण ने अपने बालों को हाथ लगाया। मोरपंख वहाँ नहीं थे।

"सच में, मैं पेड़ों की कुछ झुकी हुई डालियों के पास से गुजरा था, अवश्य वहीं कहीं उनसे उलझ कर गिर गये होंगे।"

"ये लगा लो नहीं तो माँ तुम्हें ऐसे देखेंगी तो उन्हें अच्छा नहीं लगेगा।"

"ठीक कहती हो," कहते हुये कृष्ण ने मुझसे वे पंख ले लिये और अपने बालों में लगाने लगे, किन्तु वे ठीक से लग नहीं पा रहे थे।

"लाओ मैं लगा दूँ।" कहते हुये मैंने वे मोरपंख उनके बालों में लगा दिये।

'अब पता नहीं कृष्ण के सिर पर मोरपंख होता होगा कि नहीं और होता भी होगा तो अगर कहीं गिर जाता होगा तो उन्हें कौन बताता होगा,'....सोचते हुए राधा

ने स्वयं से कहा......'मुझे अब कुछ भी नहीं सोचना है'....और नेत्र बन्द कर लिए।

अब फिर से वातावरण में उठ रही नदी की कल-कल, पक्षियों का कलरव और पत्तों से गुजरती हवा के स्वर सुनायी पड़ने लगी। तभी जिस पेड़ के नीचे वे बैठी थीं उस पर बैठी किसी कोयल ने गाना प्रारम्भ कर दिया। कोयल का गाना सभी को अच्छा लगता है, राधा को भी वह बहुत अच्छा लगता था, पर इस समय कोयल का यह स्वर सुनकर कुछ अलग ही प्रतिक्रिया उनके मन हुई ....'हर समय गाने की ही पड़ी रहती है,'....उन्होंने मन ही मन कोयल से कहा। तभी एक स्वर और सुनाई पड़ा,

"राधे।"

किसी ने आवाज दी थी।....'अरे यह तो कृष्ण का स्वर है'....राधा ने स्वयं से कहा और आश्चर्य में डूब कर नेत्र खोल दिये, पर सामने कोई भी नहीं था। एक फीकी सी मुस्कान उनके अधरों पर आयी,....'हुँह, मैं भी कितनी पागल हूँ, कृष्ण यहाँ कहाँ होंगे।'.....उन्होंने स्वयं से कहा और नेत्र पुनः बन्द कर लिये। अभी उन्होंने नेत्र बन्द ही किये थे फिर वह स्वर सुनाई दिया, "राधे"। राधा ने एक बार पुनः नेत्र खोले और चारों ओर देखा। कहीं कोई नहीं था।....'कैसा भ्रम है यह'....स्वयं से कहते हुए राधा ने पुनः नेत्र बन्द कर लिए। और लो फिर वही स्वर सुनाई पड़ा, "राधे" और स्वर भी कृष्ण का ही था।

'नेत्र खोलती हूँ तो गायब हो जाते हो, अब मैं नेत्र नहीं खोलती, जो कहना हो कहो मैं सुन रही हूँ,'.....उन्होंने मन ही मन कृष्ण से कहा।

"तुम ऐसा क्यों सोचती हो कि मेरे मन में तुम्हारे प्रति आकर्षण कम है या मैं तुमसे कुछ कम प्रेम करता हूँ।"

राधा को लगा यह बात कृष्ण स्वयं कह रहे हैं। अब उनकी कल्पना में ही सही पर उन्हें कृष्ण सामने दिखाई से पड़ने लगे।

"जिससे प्रेम करते हैं उसे यूँ छोड़कर चले जाते हैं क्या?" राधा ने कहा।

"जब युद्ध का समय होता है तब योद्धा लोग अपना घर और अपनी स्त्रियों को छोड़कर युद्धभूमि में जाते हैं कि नहीं?

"हाँ, जाते हैं पर तुम किसी युद्ध में तो नहीं हो।"

"नहीं राधे, मैं युद्ध में ही हूँ। यह अधर्म, अन्याय और असत्य से धर्म, न्याय और सत्य का युद्ध है, मैं उसी में उलझा हूँ, पर धैर्य रखना इस युद्ध के समाप्त होने के बाद हम फिर मिलेंगे।"

राधा, कृष्ण के मुख की ओर देख रही थी, कृष्ण की यह बात सुनकर भी वैसे ही देखती रहीं, कुछ बोली नहीं।

"क्या हुआ राधा कुछ बोलती क्यों नहीं?" कृष्ण ने कहा।

"तुमने इतनी बड़ी बात कह दी है, अब मेरे कहने के लिये बचता ही क्या है।"

"जीवन में कुछ तो उद्देश्य होना चाहिये, राधा। बस यूँ ही जीने के लिये जीना भी कोई जीना है क्या?"

"और तुमने अपने जीने का उद्देश्य ढूँढ लिया है, यही न?"

"मैंने उसे ढूँढा नहीं राधा, पर तुम मेरे जन्म और उस समय की मेरे माता पिता की स्थिति को देखो और फिर सोचो कि क्या यह उद्देश्य मेरे जन्म के साथ ही, मेरे सम्मुख आकर खड़ा नहीं हो गया था।"

"हाँ, ठीक कहते हो, पर फिर तुमने मेरे साथ प्रेम को इतना क्यों बढ़ाया?"

"जो प्रयास से बढ़ाया या घटाया जा सके उसे प्रेम कहना उचित नहीं होगा। प्रेम तो स्वतः हो जाता है और अपने आप ही बढ़ता या घटता है।"

"हूँ....।" राधा ने एक लम्बी सी साँस लेते हुये कहा।

तभी एक तेज सा हवा को झोंका आया और वृक्षों के जिस कुञ्ज में राधा बैठी थीं उसी से शोर मचाती हुई कुछ चिड़ियाँ उड़ीं। राधा ने आँखें खोल दीं। अब राधा की आँखें तो खुली हुई थीं, पर मन अभी वहीं था।

"राधा।" ये ललिता का स्वर था। राधा ने देखा वे सामने ही खड़ी हुई थीं।

"अरे, तुम कब आयीं?" राधा ने प्रश्न किया।

"कुछ देर हो गयी।"

"पर तुमने आवाज क्यों नहीं दी।"

"आयीं तब तुम आँखें बन्द किये बैठी थीं। ऐसा लग रहा था जैसे कोई तपस्वी ध्यान में डूबा हुआ हो, फिर आवाज दे कर मैं उस तपस्वी के ध्यान में व्यवधान ही तो उत्पन्न करतीं।" ललिता ने हँसते हुये कहा।

"परिहास करती हैं?"

"परिहास क्यों? मैं सोच रही थी कि कुछ देर बाद तुम आँखें खोलोगी, तब तुमसे कुछ कहूँगी पर तुम तो पता नहीं कहाँ खोई हुयी थीं। मैं सामने ही खड़ी थी पर आँखे खोलने के बाद भी तुमने मुझ पर ध्यान ही नहीं दिया। ऐसा लगा जैसे तुम मुझे देख ही नहीं रही हो, तब मुझे लगा कि तुम्हें आवाज देनी चाहिये।"

राधा यह सुनकर आश्चर्य से भर उठीं,

"अच्छा, ऐसा?" उन्होंने कहा।

"हाँ, ऐसा ही। क्या है राधा, कि कृष्ण में मोहनी शक्ति इतनी अधिक है कि उसका ध्यान आ जाये तो और कुछ ध्यान ही कहाँ रहता है। सब भूल जाता है,

सब....कुछ।"

"दुष्ट।" राधा ने कृत्रिम रोष से कहा "तुझे कैसे पता मैं कृष्ण के ध्यान में ही थी?"

"मैं तुम्हें बहुत अच्छी तरह से जानती हूँ राधा। कृष्ण के अतिरिक्त कोई और तुम्हारे ध्यान में आता ही कब है।"

"ठीक ही कहती है।" कहते हुये राधा गम्भीर हो गयीं।

"राधा।"

"हाँ।"

"मुझे लगता है तुम बहुत देर से ऐसे ही बैठी हो। मेरी बात मानो चलो थोड़ी देर टहलते हैं। इससे तुम्हारे मन पर छाया कुहासा थोडा छँट जायेगा।"

"चल।" कहकर राधा उठकर खड़ी हो गयी, फिर बोलीं,

"ललिता टहलने के लिये हम किसी पगडण्डी पर नहीं जाते, यहीं इन्हीं पेड़ों के मध्य ही टहलते हैं।"

"ठीक है।" ललिता ने कहा ओर दोनों मिलकर वहीं पेड़ों के मध्य ही टहलने लगीं, किन्तु फिर भी टहलते टहलते एक पगडण्डी आ ही गयी।

"अरे। ललिता देखो हम पेड़ों के मध्य टहल रहे थे फिर भी ये पगडण्डी आ ही गयी।"

"अरे तो इससे क्या हुआ?"

"क्या है ललिता, देखो हम पगडण्डियों से दूर पेड़ों के मध्य टहल रहे थे फिर भी एक पगडण्डी आ ही गयी। पता कहाँ जा रही होगी ये, पर मैं सोचती हूँ क्या कभी मेरे जीवन में भी ऐसी कोई पगडण्डी आयेगी जो कृष्ण तक जाती हो।"

"हाँ, आयेगी राधा एक दिन वह पगडण्डी भी अवश्य आयेगी।" आश्वासन देने के अतिरिक्त ललिता और क्या कहतीं?

"पर ये पगडण्डियों के रास्ते कितने सुस्त से हैं इन पर कोई कितना तेज चलेगा।"

इस पर ललिता ने कोई उत्तर नहीं दिया बस वे अपने ओठों को भींचकर रह गयी।

"अच्छा ललिता, एक बात देख।"

"क्या?"

"कई बार नाम के अर्थ कुछ और होते हैं और व्यक्ति कुछ और होता है।"

"जैसे?"

"अब जैसे कृष्ण का अर्थ तो काला हुआ पर कृष्ण काले तो नहीं हैं, ललिता, वे काले हैं क्या?"

"नहीं।" कहकर ललिता मुस्करायीं।

"उनके माता पिता देवकी और वसुदेव, दोनों के नाम में देव है और वसुदेव का तो अर्थ ही धन के देवता होता है पर देखो न, उन्हें अपने जीवन का सर्वोत्तम काल कारागार में बिताना पड़ा।"

"तुम कहना क्या चाहती हो।"

"यही कि जिसने इतना क्रूर कार्य किया, कि हमारे कृष्ण को हमसे और इस वृन्दावन से दूर कर दिया उनका नाम है अक्रूर।"

राधा की इस बात पर ललिता भी गम्भीर हो गयीं। कृष्ण के जाने की पीड़ा उनके सीने में भी तो उतनी ही थी।

राधा, कृष्ण और समय के पद चिन्ह

17. विरक्ति की ओर

कृष्ण मथुरा से गये तो थे अपनी बुआ का हाल जानने, किन्तु वहाँ जाकर वे कौरवों और पाण्डवों के विवाद में बहुत अधिक उलझ गये थे। जो भी समाचार वहाँ से आ रहे थे, उनसे लग रहा था कि युद्ध अवश्यम्भावी है, और अभी इन परिस्थितियों में कृष्ण, पाण्डवों का साथ छोड़ देंगे, इसकी तो कल्पना भी नहीं की जा सकती थी।

राधा दिनों दिन अन्तर्मुखी होती जा रही थीं। एक दिन जब वे ललिता के साथ भाण्डीर वन में थीं

"ललिता।" उन्होंने पुकारा

"हाँ।"

"मैं अब और वहाँ नहीं रहना चाहती।"

"कहाँ?"

"अपने उस घर में।"

"फिर।"

"मेरा मन करता है कि मैं यही प्रकृति की गोद में कहीं एक कुटी सी बना कर रहूँ। ये कालिन्दी का तट, यह लहलहाते वृक्ष, गाते पक्षी, नाचते मोर, ये स्थान छोड़कर जाने का मन नहीं होता, और फिर...।" कहते हुए राधा रुक गयीं।

"और फिर?" ललिता ने पूछा।

"कृष्ण ने यहीं तो मेरी माँग भरी थी, स्वप्न में ही सही पर यहीं तो स्वयं ब्रह्माजी ने देवताओं की उपस्थित में हमारे विवाह के मन्त्र पढ़े थे। हम यहीं तो एक हुए थे ललिता।"

"हाँ।"

"और तुम स्वयं भी तो इसकी साक्षी हो।"

"हाँ, हूँ।"

"तो तुम यहाँ एक कुटी बनाने में मेरी सहायता तो करोगी न।"

"हाँ, करूँगी और मैं ही क्यों इस कार्य में हमारी सहायता करने, कुछ अन्य सखियाँ भी आ जायेंगी।"

"पर ललिता मैं इस कार्य में तुम्हारे अतिरिक्त किसी अन्य की सहायता नहीं चाहती। भीड़ का क्या है, बातें बनने में देर नहीं लगती।"

"चलो ठीक है, हम दोनों ही मिलकर यह कार्य कर डालेंगे पर घर में क्या कहोगी?

"जो सच है वही।" राधा ने कहा और इसके साथ ही उनके मुख पर कुछ दृढ़ता और चमक परिलक्षित हो गयी।

"एक बार और सोच लेतीं राधे।"

"बहुत बार सोच चुकी हूँ, बस अब निर्णय ही लेना है।"

"ठीक है।"

* * *

राधा घर पहुँची तो माँ कीर्तिदा उनकी प्रतीक्षा में थीं।

"भूखी प्यासी कहाँ भटक रही है?"

"कहीं नहीं माँ, बस भाण्डीर वन तक गयी थी।"

"इतनी दूर! अच्छा चल पहले कुछ खा ले।"

"खा लूँगी माँ, पर मैं आपसे कुछ कहना चाहती थी।"

"वह भी सुन लूँगी, पर तेरे कुछ खाने के बाद।" कहकर कीर्तिदा उनके लिये कुछ फल वगैरह ले आयीं, "ले पहले इसे समाप्त कर फिर जो कहती हो कहना।" उन्होंने कहा।

"ठीक है।" कहकर राधा ने कुछ फल लिये, खाये और फिर बिना सारे फल समाप्त किये ही बोलीं।

"माँ, मेरी बात सुनो।"

"कह।"

"मैं अब घर पर नहीं, वहीं कालिन्दी के तट पर रहना चाहती हूँ जहाँ कृष्ण ने मेरी माँग भरी थी।"

"बावरी हो गयी है?"

"माँ कभी कभी बावरा हो जाना, बहुत समझदार होने से अधिक अच्छा नहीं

राधा, कृष्ण और समय के पद चिन्ह

होता क्या ?”

कीर्तिदा यह सुन कर आश्चर्य में पड़ कर मौन होकर राधा के मुख की ओर देखने लगी।

“माँ।” कुछ देर बाद राधा ने पुकारा।

“सुन रही हूँ।”

“तो कुछ कह क्यों नहीं रही हैं?”

“वहाँ उस जंगल में अकेले कैसे रहेगी ? जहाँ सन्ध्या होते ही आदमी तो नहीं दिखाई पड़ते, हाँ कई जंगली जानवर अवश्य दिखाई पड़ जाते हैं।”

“माँ, ईश्वर है न, कुछ बुरा होना होगा तो कहीं भी रहूँ, हो ही जायेगा।”

कीर्तिदा यह सुनकर एक बार पुनः मौन हो गयीं। कुछ देर तक वे ऐसे ही मौन बैठी राधा के मुख की ओर देखती रहीं और इस बीच राधा चुपचाप सिर झुकाये भूमि की ओर दृष्टि किये बैठी रहीं।

कुछ देर बाद कीर्तिदा ने कहा,

“और लोग क्या कहेंगे, राधा? एक सयानी लड़की अकेले जंगल में क्यों रह रही है, इसका हमारे पास क्या उत्तर होगा, यह भी सोचा?”

“लोग क्या कहेंगे माँ? मैं वहाँ किसी के साथ नहीं, एकदम अकेले रहने जा रही हूँ। लोग जंगलों में अकेले रहकर तपस्या किया करते हैं, ये बातें झूठी तो नहीं हैं।”

“नहीं, ये बातें झूठी नहीं है और जो कुछ तू करने जा रही है, वह भी तपस्या ही तो है।”

“तो फिर आप विचलित सी क्यों हैं? माता पार्वती ने शिव को पाने के लिये कितनी लम्बी तपस्या की थी वह हमारे धर्मग्रन्थों में है न।”

“और अब तू किसे पाने के लिये ये तपस्या करने जा रही है?”

“माँ, मुझे तो जिसे भी प्राप्त करना था मैं कर चुकी हूँ।”

“और अब?”

“अब जीवन के जो भी शेष पल हैं वे उसी की स्मृति में बिताने हैं।”

“और ऐसा घर में रहकर नहीं हो सकता ?” कीर्तिदा ने पूछा।

कीर्तिदा इस प्रश्न पर राधा के नेत्र गीले हो गये और वे कोई उत्तर देने के स्थान पर वहाँ से उठकर जाने लगीं। कीर्तिदा ने जाती हुई राधा का हाथ थाम लिया,

“बैठ जा समझ गयी।” उन्होंने कहा।

✷✷✷

राधा, ललिता, कीर्तिदा और वृषभानु के सहयोग से भाण्डीर वन में कुटी का निर्माण हो चुका था। राधा की इच्छानुसार, इनके अतिरिक्त किसी भी अन्य व्यक्ति से इस सम्बन्ध में कोई चर्चा नहीं की गयी थी। राधा के जीवनयापन के लिये आवश्यक वस्तुयें भी वहाँ पहुँचा दी गयी थीं। नितान्त आवश्यक वस्तुओं के अतिरिक्त कुछ भी और न आये इस सम्बन्ध में राधा का विशेष आग्रह था।

राधा घर छोड़कर भाण्डीर वन में आ गयी थीं। माता-पिता और सखी ललिता सभी साथ आये हुये थे। यहाँ पर यत्न-तत्न कुछ झोपड़ियाँ थीं, जिनमें कुछ परिवार रहा करते थे, पर इनके अतिरिक्त दूर-दूर तक बस जंगल ही फैला हुआ था।

"सचमुच यह स्थान बहुत सुन्दर है, बहुत ही रमणीक, पर राधा सँभल कर रहना। जंगली जानवरों का भय तो है ही।" वृषभानु ने कहा।

"जी।"

कीर्तिदा और वृषभानु वापस होने के लिये मुड़े तो, कीर्तिदा ने वृषभानु से कहा,

"लड़की, कृष्ण के प्रेम में बावरी हो गयी है, ईश्वर इसकी रक्षा करें।"

वृषभानु बहुत गम्भीर थे। उन्होंने इसका कोई उत्तर नहीं दिया।

उनके जाने के बाद भी ललिता रुकी रहीं। राधा का आग्रह भी था और स्वयं ललिता का मन भी। कालिन्दी के किनारे पर टहलते हुये दोनों सखियों में बहुत सी बातें हुईं और बहुत सी स्मृतियाँ भी साझा हुईं। कुछ ने गुदगुदाया और कुछ ने नेत्र भिगोये। सन्ध्या ने जब आसमान से उतर कर धरती के द्वार खटखटाये तो ललिता ने कहा,

"राधे, अब मैं चलूँ, घर पर प्रतीक्षा हो रही होगी। कल फिर आ जाऊँगी, पर चलते समय पिता ने जो कहा था उसका ध्यान रखना। जंगली जानवरों का भय तो है ही।"

"ये बता ललिता जंगली जानवर मेरा क्या कर सकते हैं?"

"अरे वे मार कर खा भी जाते हैं, राधा। इतनी बात तू समझती क्यों नहीं?"

"समझती हूँ, पर एक बात सोच। इसी स्थान पर विधाता ने मुझे कृष्ण की अर्धांगिनी बनाकर नया जीवन दिया था न?"

"हाँ, यदि तुम ऐसा समझती हो तो।"

"हाँ, मैं तो यही समझती हूँ।"

"फिर?"

"तो इसी स्थान कृष्ण को स्मरण करते हुए, इस जीवन का अन्त हो जाये, अब इससे अधिक सौभाग्य की तो मैं कल्पना भी नहीं कर सकती।"

“कल किसने देखा है।”

“हाँ, सो तो है।”

“अच्छा अँधेरा झुकने लगा है। मैं चलती हूँ, पर एक बार फिर कह रही हूँ, अपना ध्यान रखना।”

“चिन्ता मत कर, ललिता। कल फिर यहीं ऐसी ही मिलूँगी तुझे।”

एक नाम लिख कर
हथेली पर
उपवनों से चला हुआ जीवन
आ पहुँचा जंगल की
सूनी पगडण्डी पर

18. प्रेम की व्याख्या की

घर लौटते समय मार्ग मे ललिता के मन में विचारों की हलचल बहुत तेज थी।....'यहाँ कौन सी गोपी होगी जिसके मन में कृष्ण न रहे हों, पर उन सभी ने तो समय के साथ स्वयं को ढाल लिया है। लगभग सभी अपना अपना घर बसाकर सामान्य जीवन जी रही है, किन्तु राधा...? और मैं स्वयं....भूलने के प्रयास के बाद भी'....? ललिता ने सोचा और भीतर कहीं पीड़ा की लहर सी दौड़ गयी....'उफ'.... चलते चलते उन्होंने एक गहरी सी साँस ली, एक हाथ अनचाहे ही मस्तक तक ऐसे आया जैसे वे मन की बेचैनी को सँभाल रही हों....'नहीं, अब पति को छोड़कर अन्य किसी व्यक्ति के बारे में सोचना भी गलत है'....सोचते हुए उन्होंने सिर को हलके से झटका।

ललिता कुछ दूर चलीं। विचार पीछा नहीं छोड़ रहे थे।....'राधा कम से कम अपनी पीड़ा कह तो सकीं....और मैं'... सोचकर उनके अधर कुछ तिरछे हुए,....'पर नहीं अब इन बातों का कोई अर्थ नहीं.... असम्भव तो संसार में कुछ भी नहीं है, पर.... क्या कहेंगे इस प्रेम को?'..... ललिता के मन में प्रश्न उठा और वे उत्तर ढूँढने लगीं।.... 'क्या किसी व्यक्ति को देखने, पाने, उसे भोगने या सुरक्षित रखने की इच्छा ही प्रेम है? क्या यह परिभाषा राधा के प्रेम को भी परिभाषित करती है?'....नहीं, मन ही मन ललिता ने स्वयं से कहा।

विचारों का यह असम्बन्ध सा तारतम्य मन में चल ही रहा था कि अचानक एक पत्थर से ललिता के पाँव में ठोकर लग गयी।.... 'अरे, मैं विचारों के संसार में ऐसे क्यों खो गयी कि मार्ग में ध्यान से चलना ही भूल गयी'.... उन्होंने स्वयं से कहा, फिर भीतर ही भीतर हँसी सी आयी ....'ऐसा ही तो प्रेम में भी होता है, व्यक्ति अपना मार्ग चलना भूल कर किसी कल्पना की दुनिया में जीने लगता है'.... उनके मन में आया और फिर......'नहीं, अब मैं मार्ग पर ध्यान दूँगी, राधा के प्रेम की व्याख्या घर पहुँचकर'.... सोचते हुए भीतर की हँसी मुस्कान बन कर अधरों तक

राधा, कृष्ण और समय के पद चिन्ह

आ गयी थी।

ललिता घर पहुँचीं तो, उनके पति भैरव गोप उनकी प्रतीक्षा में थे।

"कालिन्दी के तट पर गयी थीं?" उन्होंने ललिता से पूछा।

"हाँ, राधा भी थीं और उनके माता पिता भी।"

"कुछ विशेष था?"

"हाँ, बहुत विशेष।"

"अच्छा क्या?"

"राधा ने वहीं भाण्डीर वन में कालिन्दी के तट निकट ही रहने का निश्चय किया है।"

"अकेले?"

"हाँ, अकेले।"

"आश्चर्य ही है।"

इसके बाद दोनों अपने अपने कार्यों में व्यस्त हो गये। धीरे धीरे सन्ध्या ढलने लगी, अँधेरा घिरने लगा और रात की दस्तकें सुनाई पड़ने लगीं।

"सुनिये, थोड़ी देर बाहर बैठें।"

"बाहर, इस समय?"

"हाँ, थोड़ी देर बैठते हैं।"

दोनों घर के बाहर आये, तो कहीं कहीं जलते हुए दियों के प्रकाश के अतिरिक्त हर ओर अँधेरा पसरा पड़ा था। आसमान में तारे छिटके थे और पतला सा चन्द्रमा भी दिखाई दे रहा था।

"राधा इस समय उस जंगल में अकेली पता नहीं कैसे होगी?" ललिता ने कहा।

"सच है, पर वहाँ कुछ लोग रहते तो हैं।" भैरव ने कहा।

-"हाँ, पर बहुत दूर दूर। अच्छा....मेरे मन में रह रह कर एक बात उठ रही है।"

"क्या?"

"किसी के प्रेम में इस तरह पागल हो जाना, क्या यही प्रेम की पराकाष्ठा है?"

"हाँ, यह प्रेम की पराकाष्ठा तो है ही।" भैरव ने कहा।

"और प्रेम भी तो कई प्रकार का होता है।" ललिता ने कहा। तभी बादलों की गड़गड़ाहट सुनाई दी। उन्होंने ऊपर आसमान की ओर देखा। काले बादलों ने

आसमान ढक लिया था। तारे नहीं थे और चन्द्रमा का हलका सा प्रकाश एक बादल के पीछे से झाँक रहा था। प्रेम की बात वहीं रह गयी। ललिता ने बैठे बैठे ही ईश्वर का ध्यान करते हुए हाथ जोड़े, नेत्र बन्द किये और उनसे मन ही मन प्रार्थना की…. 'हे ईश्वर मेरी सखी को बचाना'…. । भैरव उन्हें देख रहे थे। जब ललिता ने आँखें खोलीं तो उन्होंने उन्हें आवाज दी।

"ललिता।"

"हाँ।" ललिता भावनाओं के संसार से वापस लौटीं।

"अँधेरा भी घिर चुका है और मौसम भी ठीक नहीं है। हमें अन्दर चलना चाहिये।"

ललिता ने इसके उत्तर में सीने में एक गहरी साँस भरी और बोलीं,

"ठीक है, चलते हैं, पर सोचती हूँ इस मौसम से बेचारी मेरी सखी उस जंगल में कैसे जूझ रही होगी।"

दोनों उठ कर अन्दर आये, तो भैरव ने कहा,

"सोने चलें?"

"आप जाकर विश्राम करें, पर मुझे अभी नींद नहीं आ रही है। मैं अभी यहीं बैठी हूँ कुछ देर बाद उठूँगी।"

ललिता के इस उत्तर के बाद भैरव भी वहाँ से गये नहीं, वहीं बैठे रह गये।

"आप सोने नहीं जायेंगे?" ललिता ने पूछा।

"नहीं, अब अभी तो नहीं। बैठा हूँ तुम्हारे साथ मैं भी। अच्छा कुछ देर पहले तुमने कहा था कि प्रेम भी कई प्रकार का होता है।"

"हाँ, कहा तो था।"

"पर कैसे? वह बात तो रह ही गयी।"

इस पर ललिता धीरे से हँसी।

"अरे मैं कौन सी बहुत ज्ञानी हूँ, जो यह सब बताऊँगी।"

"फिर भी कुछ तो मन में होगा।"

"हाँ, कुछ तो सोचती ही हूँ।" ललिता ने कहा और फिर कुछ देर बाद कुछ सोचते हुये ही बोलीं,

"मैं सोचती हूँ कि एक तो होता होगा शारीरिक प्रेम, जिसमें शारीरिक आकर्षण ही प्रमुख होता होगा, किन्तु राधा और कृष्ण के प्रेम में यह रहा भी होगा तो बहुत गौण ही रहा होगा, अन्यथा मथुरा यहाँ से बहुत दूर नहीं है। समय निकाल कर कभी कृष्ण यहाँ आ सकते थे या कभी राधा ही हिम्मत करके वहाँ जा सकती थीं।

राधा, कृष्ण और समय के पद चिन्ह

"हाँ।"

"और यह वह मानसिक प्रेम भी नहीं था, जो तार्किक दृष्टि से सामने वाले को परखने, सही गलत की विवेचना करने और अपने लाभ या हानि पर विचार करने के बाद होता है।"

"ठीक है।"

"मुझे लगता है यह थोड़ा बहुत भावनात्मक प्रेम हो सकता है, जो आपको समय के अनुसार कभी दर्द और कभी खुशियाँ देता है। राधा के साथ भी बहुत कुछ ऐसा ही तो है, पर इस प्रेम का एक घटक और भी लगता है जो यह कामना रखता है कि आपका प्रिय व्यक्ति भी आपको उसी तरह से चाहे। राधा के प्रेम में यह घटक भी लगभग नहीं ही है।"

"तुम प्रेम की कितनी अच्छी विवेचना कर रही हो, ललिता।" भैरव ने कहा और ललिता इस पर धीरे से हँस पड़ीं, बोलीं,

"परिहास तो नहीं कर रहे हैं?"

"नहीं, परिहास नहीं, हृदय से कह रहा हूँ। तुम अपनी पूरी बात कहो।"

"अच्छा, तो अब बचता है आत्मिक या आध्यात्मिक प्रेम, जिसमें आपसी सम्बन्धों, और जुड़ाव का एक अलग ही रसायन कार्य करता है। व्यक्ति किसी की देह से नहीं, उसकी आभा, व्यक्तित्व की किसी विशेषता और उसके अन्दर पायी जाने ऊर्जा से आकर्षित और प्रभावित होता है। इसमें लेन देन की भावना या कोई नियम-वियम कुछ नहीं होता। मुझे लगता है यह राधा और कृष्ण का प्रेम इसी प्रकार का है।" कह कर ललिता ने बात समाप्त की।

भैरव जो अभी तक एक अच्छे श्रोता की भूमिका में थे, बोले,

"एक बात मैं भी कहूँ, ललिता।"

"हाँ, अवश्य।"

"मुझे लगता है प्रेम जीवन की वह मधुरतम भावना है जिसे हम अनुभव तो कर सकते हैं, पर देख नहीं सकते और इसकी कोई पूर्ण और सटीक परिभाषा भी नहीं दे सकते। यह किसी फूल की सुगन्ध या मन्दगति से बहती प्राणदायी वायु की तरह ही है। मुझे लगता है कि जैसे आकाश की सीमा नहीं होती वैसे ही प्रेम की भी सीमा नहीं होती। राधा और कृष्ण का प्रेम भी ऐसा ही सीमा रहित प्रेम ही तो है।"

"आप ने कहा, हम प्रेम को देख नहीं सकते, किन्तु राधा का कृष्ण के प्रति प्रेम तो कितना स्पष्ट दिखाई दे रहा है।"

"हाँ यह तो तुम सत्य कह रही हो।"

***

भोर हुई तो ललिता शीघ्रता से घर के आवश्यक कार्य निपटाने लगीं। जब तक उनके कार्य निपटे तब तक भैरव भी कहीं जाने के लिये तैयार हो चुके थे। उनके जाने के बाद ललिता ने कुछ खाने की सामग्री ली और भाण्डीर वन की ओर चल पड़ीं।

भूमि पर स्थान-स्थान पर रात्रि में हुई वर्षा के निशान बिखरे पड़े थे। जमीन गीली थी और कहीं कहीं पर पानी अभी भी ठहरा हुआ था। स्वयं को सँभालते हुए ललिता, भाण्डीर वन के पास तक पहुँच गयीं और उन्होंने आश्चर्य से देखा, भूमि अब सूखी मिलने लगी थी। वे शीघ्रता से चलते हुए राधा की कुटी के पास तक पहुँची। राधा बाहर ही बैठी थीं। ललिता को देखते ही उठकर उनकी ओर बढ़ीं,

"आ गयी मेरी सखी।" कहते हुये उन्होंने ललिता का हाथ थाम लिया।

"हाँ, पर ये बता तेरी रात कैसे कटी?" ललिता ने पूछा।

"ठीक ही थी।"

"और वह आँधी पानी?"

"कहाँ, कोई आँधी पानी नहीं था। एकदम साफ आकाश और मध्यम गति से चलती सुगन्धित हवा थी बस। पर तू यह सब क्यों पूछ रही है, उधर पानी बरसा था क्या?"

"हाँ, वहाँ उधर तो रात भर तेज हवाओं और बादलों की गरज के साथ वर्षा हुई है। मैं तो तेरे बारे में सोच कर रात भर बहुत परेशान रही।"

"अच्छा!" राधा ने आश्चर्य से कहा और फिर कुछ सोचने लगीं। कुछ देर बाद ललिता ने कहा

"क्या सोचने लगी है ये हमारी वृषभानुलली कृष्ण-प्रिया?"

"मैं सोच रही थी कि आँधी पानी हो तो हो, ईश्वर भी तो है, पर अभी तूने मेरे लिये क्या कहा बता?"

"वृषभानुलली कहा, तुम वृषभानुलली नहीं हो क्या?"

"सो तो मैं हूँ, पर इसके आगे भी तो तूने कुछ कहा था।"

"इसके आगे कृष्ण-प्रिया कहा था।"

"यह परिहास उचित है क्या?"

"यह परिहास नहीं सत्य है और सत्य कहना अनुचित है क्या?"

यह सुनकर राधा उदास सी हो उठीं और मौन रह गयीं। कुछ पलों बाद ललिता ने कहा,

"अभी तो हँस रही थीं, अब ये उदासी क्यों?"

राधा, कृष्ण और समय के पद चिन्ह

“ललिता, सोच कर देख, यदि मैं सचमुच उनकी प्रिया होती तो वे मुझे इस तरह छोड़कर चले जाते क्या?”

“पर वे कंस के अत्याचारों से मथुरा की जनता को मुक्त कराने और अपने माता पिता के ऋण को चुकाने के लिये यहाँ से गये थे। अपने निजी सम्बन्धों के आगे कर्त्तव्यों को प्राथमिकता देने की हमारी सनातन परम्परा रही है न?”

“हाँ।”

“भगवान राम रोती, कलपती अपनी माँ कौशल्या को छोड़कर पिता के दिये वचन निभाने के लिये राजसिंहासन छोड़कर वन चले गये, लक्ष्मण अपनी पत्नी उर्मिला को छोड़कर चौदह वर्षों तक भाई के साथ वन में रहे और एक छोटी सी बात पर राष्ट्रहित के लिये सीता राजमहल छोड़कर बाल्मीकि के आश्रम में रही थीं न।”

“हाँ।”

“और ये सब तो छोड़ो। कोई इन्हें बड़े लोगों की बड़ी बातें कहकर किनारे कर सकता है पर ये तो सोचो कि किसी युद्ध में सीमा पर जो लड़ने जाता है उस सैनिक को अपने माता-पिता, पत्नी या बच्चे किसी से कम प्रिय होते हैं क्या?”

“नहीं।”

“तो तुम कृष्ण-प्रिया तो हो ही राधा। इस पर तो सन्देह करना निरी मूर्खता ही नहीं, मैं तो सोचती हूँ वह पाप भी होगा।”

अपनी बात समाप्त करने के बाद ललिता ने देखा, राधा के नेत्रों में जल उमड़ आया था।

“रोती क्यों हो राधे। तुमसे अधिक सौभाग्यशाली इस संसार में कुछ ही लोग होंगे। ये संसार जब जब कृष्ण का स्मरण करेगा, तब तब राधा का नाम स्वतः ही पहले आ जायेगा।” कहकर ललिता ने अपने आँचल में राधा के नेत्रों से छलके मोतियों का सँभाल लिया।

“देखो मैं घर से कुछ खाने के लिये लायी थी। बातों में पड़कर वह भूल ही गयी हूँ। चल दोनों मिलकर उसे खाते हैं और सच तो यह है कि मैंने भी सुबह से कुछ भी नहीं खाया है, तो भूख तो कसकर लग रही है।” ललिता ने कहा। अपनी पोटली राधा के सम्मुख रखी और भागकर कालिन्दी से एक पात्र में जल ले आयीं, और खाना प्रारम्भ करने के साथ ही राधा से बोलीं,

“जल्दी जल्दी जो बना पायी, ले आयी। कैसा लग रहा है?”

“बहुत बहुत अच्छा।” राधा ने कहा।

19. मन ही तो

सन्ध्या अभी दूर थी। राधा ने नीले, पीले और लाल रंग के कुछ फूल एकत्रित किये और उन्हें अलग अलग पात्रों में रखकर, उनमें पानी डाल करके फूल मसले, फिर एक कुछ बड़ा सा सफेद वस्त्र लिया, उसे अपने कुटीर की एक दीवार पर टाँगा और अपनी कल्पना से उस पर कृष्ण का एक चित्र बनाने और फूलों के मसलने से जो पानी रंगीन हो गया था उससे उस चित्र में रंग भरने लग गयीं। इस कार्य में वे इतना तल्लीन हो गयीं कि समय का पता ही नहीं चला।

अँधेरा लगने लगा तो उन्होंने सिर उठाया। वे कुछ देर तक उस अपने बनाये चित्र को निहारती रहीं, फिर.... 'कल पर्याप्त प्रकाश होने पर फिर कुछ और ठीक करूँगी'.... उन्होंने सोचा और उस कपड़े पर नीचे लिखा.... 'किसी के लिये तुम एक व्यक्ति हो सकते हो, पर मेरे लिये सारा संसार तुम्हीं हो.... और मेरे इस संसार का प्रारम्भ भी तुम और अन्त भी तुम्हीं हो.... भोर में उठने पर पहला विचार तुम्हीं हो और रात्रि में नींद के आने से पूर्व का अन्तिम विचार भी'....।

इसके बाद उन्होंने चित्र पर अपना सिर टिका दिया। कुछ देर तक वैसी ही बैठी रहीं फिर उठीं और अपने उस आश्रम से बाहर आ गयीं। बाहर कुछ अधिक प्रकाश था। वे अपनी उस कुटिया की एक दीवार से लगकर बैठ गयीं। हलकी हलकी हवा चल रही थी और पेड़ों से गुजरते हुए कुछ आवाजें भी कर रही थीं। तभी राधा को लगा जैसे हवा की इन आवाजों के बीच धीमी धीमी आवाज में कृष्ण की मुरली की ध्वनि भी है।

राधा आश्चर्य से चारों ओर देखने लगीं। समझ में नहीं आ रहा था कि ये मुरली का स्वर कहाँ से आ रहा है, फिर कुछ देर बाद ऐसा लगा जैसे ये स्वर उनकी कुटी से ही आ रहा है। आश्चर्य से भरी हुई राधा उठीं और कुटी के भीतर गयीं। जिस वस्त्र पर उन्होंने कृष्ण का चित्र बनाया था, अभी भी वैसे ही दीवार पर टँगा तो था पर हवा से उड़कर उसके एक कोने ने चित्र में बनी कृष्ण की मुरली को ढक रखा था।

राधा, कृष्ण और समय के पद चिन्ह

राधा को लगा वह मुरली की ध्वनि वहीं से आ रही थी। उन्होंने धीरे से मुरली को ढके वस्त्र को हटाया। वहाँ मुरली का चित्र वैसा ही बना हुआ था। कहीं कोई परिवर्तन नहीं था और अब वह धीमी धीमी मुरली की ध्वनी भी कहीं खो गयी थी।....'मैं भी कितनी पागल हूँ'.... उन्होंने स्वयं से कहा। एक फीकी मुस्कान उनके ओंठों पर पल भर के लिये आयी और चली गयी। ....'यह भ्रम था किन्तु कितना सुन्दर'.... सोच कर एक मुस्कराहट ओठों पर फिर आ गयी, किन्तु इस बार यह पिछली बार की तरह फीकी सी नहीं, हृदय से उमड़ी हुई सच्ची मुस्कराहट थी।

अँधेरा गहरा रहा था।...'अरे, मैं दीपक जलाना तो भूल ही गयी'.... सोचते हुए राधा ने दीपक जलाया। छोटी सी कुटी उसके प्रकाश से भर गयी। राधा ने अपने बनाये चित्र के सामने की दीवार से लगाकर एक चादर बिछायी। कुछ फल रखे थे। यही उनका रात्रि का भोजन था। उन फलों को समाप्त करने के बाद वे उस चादर पर दीवार से टेक लगाकर कृष्ण के चित्र को देखने लगीं। कुछ ही देर में उन्हें लगने लगा जैसे वह चित्र साकार हो गया है और राधा मानो किसी स्वप्न लोक में पहुँच गयीं।

"कैसे हो?" उन्होंने चित्र में दिखाई दे रहे कृष्ण से पूछा।

"पहले तुम बताओ तुम कैसी हो।"

"देख तो रहे हो।"

"घर क्यों छोड़ दिया?"

"वहाँ बहुत से लोग आते जाते रहते थे।"

"और यहाँ?"

"यहाँ बस तुम हो, मैं हूँ और....।"

"और....?"

"और बहुत स्मृतियाँ हैं।"

"स्मृतियाँ तो अच्छी भी होती हैं और बुरी भी।"

"मैं बुरी स्मृतियों में नहीं जाती। बुरी स्मृतियाँ नकारात्मक विचार लाती हैं और नकारात्मक विचार मन और देह दोनों को तोड़ते हैं।"

"हाँ? और अच्छी स्मृतियाँ?" कृष्ण ने पूछा। राधा को लगा....'यह कहते हुये कृष्ण मुस्करा उठे हैं।'

"इसका उलटा करती हैं। ये अच्छी स्मृतियाँ ही तो हैं जिनके सहारे मैं अकेले इस जंगल में भी रह पा रही हूँ।"

"केवल स्मृतियों के सहारे हो राधा?"

“नहीं, केवल स्मृतियों के सहारे नहीं।”

“फिर?”

“कुछ आशायें भी अभी शेष हैं।”

“हाँ?”

“हाँ, जिस दिन आशायें मर जाती हैं उस दिन जीवन भी मर ही तो जाता है।”

राधा ने इतनी बातें की ही थीं कि लगा जैसे कृष्ण का चित्र जो कुछ देर पहले साकार सा हो उठा था अब पुनः मात्र चित्र ही रह गया है।.... ‘जैसे एक दिन अचानक एक गोकुल छोड़कर चले गये थे वैसे ही अचानक आज इस चित्र से चले गये हो....पर....मेरे जीवन से नहीं जा सकोगे कृष्ण....एक दिन मैं तुम्हारे सानिध्य में ही इस संसार से विदा लूँगी, देख लेना’.... राधा ने मन ही मन कृष्ण से कहा और जिस चादर पर बैठी थीं, उसी पर वहीं लेट गयीं। थकी हुई राधा को थोड़ी देर में ही नींद आने लगी। उन्होंने चित्र की ओर देखा और बहुत धीमे स्वर में कहा,

“माखन चोर, रात में स्वप्न में आना।” और इसके साथ ही उन्होंने नेत्र बन्द कर लिये। रात भर सचमुच कृष्ण उनके स्वप्नों में रहे। भोर होते ही आँख खुली, और राधा ने आँखें खुलते ही चित्र की ओर देखा,

‘मेरी बात मान ली स्वप्न में आये, बहुत अच्छी रात कटी, पर अच्छा है कि तुम केवल स्वप्न नहीं हो’.... उन्होंने चित्र के कृष्ण से धीरे से ओठों ओठों में कहा और मुस्करा दीं। इसके बाद उन्होंने भूमि पर पड़ी अपनी चादर समेटी और स्वयं से कहा....‘कितनी अच्छी चादर है इसने मुझे रात भर अपनी गोद में रखा है’.... फिर अपने कुटीर की दीवार पर एक दृष्टि डाली....‘कितनी अच्छी कुटी है, इसने इस जंगल में भी मुझे शरण दे रखी है’.... सोचा फिर जिस वस्त्र पर कृष्ण का चित्र बनाया था उससे बोलीं.... ‘और तुमसे अच्छा कौन हो सकता है, जिसने मेरे कृष्ण को मेरे सामने ला दिया है’.... ।

वे कुटी से बाहर निकलीं, तो उन्हें लगा कि सम्पूर्ण प्रकृति कितने सुन्दर तरीके से उनका साथ दे रही है। उन्हें लगा, कि उनके चारों ओर जो कुछ भी दिखाई दे रहा है, वे वृक्ष हों, फल हों, फूल हों, पक्षी हों, जिस भूमि पर वे खड़ी हैं वह हो या जिस आसमान के नीचे खड़ी हैं वह, या कुछ दूर पर कल कल की ध्वनि करती हुई कालिन्दी, सभी की उनके ऊपर कृपा है। राधा ने मन ही मन सभी के प्रति आभार व्यक्त किया।

✹✹✹

राधा कालिन्दी से स्नान करके निवृत्त हुईं, तो कुछ फूल एकत्रित किये और अँजुली में सँजो कर....माँ, तुम मेरे विवाह की साक्षी हो न'....कहते हुये श्रद्धा के साथ नदी के जल पर बहुत सावधानी से तैरा दिये, फिर कुछ और फूल एकत्रित किये, जिस वृक्ष के नीचे कृष्ण ने उनकी माँग भरी थी, उसके तने के पास भूमि पर रखकर सिर झुका दिया....'तुम भी तो मेरे विवाह के साक्षी हो'....उन्होंने वृक्ष पर दृष्टि डालते हुये कहा। इसके बाद कुटिया की ओर लौटते हुये कुछ बड़े से लाल रंग के फूल आँचल में एकत्र किये। कुटिया के भीतर गयीं, अपने बनाये कृष्ण के चित्र को देखकर हँसी और ओठों ही ओठों में धीरे से बोलीं

"कृष्ण तुम मत समझना कि मैं तुम्हें भी फूल दूँगी। तुम मुझे धोखा देकर गये हो न, तुम्हें तो मारूँगी मैं।" और उन्होंने अपने आँचल से एक फूल उठाया और कृष्ण के चित्र को लक्ष्य बना कर फेंका। फूल चित्र में कृष्ण के सीने पर लगकर गिर पड़ा, और....

"लगा?" कहकर वे हँस पड़ीं। फिर वे दूसरे फूल से, फिर तीसरे फूल से और इसी तरह जब तक फूल रहे कृष्ण के चित्र को लक्ष्य बनाकर फेंकती और हर बार 'लगा' कह कर हँसती रहीं।

राधा फूल फेंक ही रही थीं कि ललिता आ गयीं। कृष्ण का चित्र, उस पर फूल फेंकती और बार बार 'लगा' कहती राधा को आश्चर्य से देखती चुपचाप खड़ी हो गयीं। राधा अपने आप में ही खोई हुई थीं। उन्हें ललिता के आने का आभास भी नहीं हुआ। सारे फूल जब समाप्त हो गये, तो राधा ने अपना आँचल सीधा किया, अपनी हथेलियों को आपस में हलके से रगड़ा और चित्र से बोलीं,

"गुस्सा तो नहीं हो?"

"नहीं, तुमसे कौन गुस्सा हो सकता है राधे।" उत्तर ललिता ने दिया।

राधा उनकी आवाज सुन कर चौंक सी पड़ी। उनकी ओर देखा और बोलीं,

"अरे, ललिता, तू कब आयी?"

"अभी, जब तुम कृष्ण को फूल मार रही थीं।"

राधा हँसीं, बोलीं,

"मारती नहीं तो क्या करती, मुझे धोखा देकर मथुरा गया था और अब तो और दूर हस्तिनापुर चला गया है।"

"ठीक ही किया।" ललिता ने कहा, फिर चित्र के नीचे गिरे हुये फूलों को देखा।

"सारे फूल लाल ही क्यों चुने राधा?"

"पता नहीं, ऐसे ही, बस मन में आया कि सारे लाल फूल ही चुनने हैं।"

“मैं बताऊँ?”

“बता।”

“प्रेम का रंग भी लाल ही तो कहा गया है।”

राधा इस पर खिलखिलाकर हँस पड़ीं,

“किसने कहा मैं इससे प्रेम करती हूँ? मैं तो नहीं करती इससे प्रेम।” उन्होंने कहा।

“हृदय पर हाथ रखकर कह सकती हो?”

“इसकी आवश्यकता ही क्या है, और फिर, मैं क्यों पड़ूँ, इस सब झंझट में?”

“अच्छा, फिर ये कृष्ण का चित्र क्यों बनाया?”

“यूँ ही, मन किया बना डाला।”

“तुम्हारा ‘यूँ ही’ समझ रही हूँ मैं, पर चित्र सचमुच बहुत मन से बनाया लगता है।”

“क्यों? ऐसा क्यों कहा तूने?”

अब ललिता हँस पड़ी, बोली,

“मन से नहीं बनाया होता तो इतना सुन्दर और सजीव सा नहीं बनता।”

राधा, कृष्ण और समय के पद चिन्ह

20. आशाओं का पुनर्जन्म

पहले मथुरा से गोकुल तक और अब हस्तिनापुर से गोकुल तक, कृष्ण से सम्बन्धित समाचार देर सवेर पहुँच ही जाते थे। महाभारत के युद्ध की समाप्ति, कृष्ण की बुआ कुन्ती के कष्टों की समाप्ति के समाचार और उनके द्वारा अर्जुन को दिये उपदेश भी गोकुल तक पहुँच ही गये।

इस युद्ध की समाप्ति के समाचार को सुनने के बाद हर्ष से भरी हुई ललिता, भाण्डीर वन में तपस्या सी करती राधा तक लगभग दौड़ती हुई सी पहुँची।

"राधे।" उन्होंने राधा की कुटी के पास पहुँचते ही बाहर से ही उन्हें आवाज दी।

"आयी।" राधा का उत्तर मिला।

"शीघ्र बाहर आओ और देखो कि आज का दिन, हँसता, गाता और कितनी खुशियाँ लेकर आया है।"

राधा बाहर आयीं पहले ललिता को देखा और फिर चारों ओर।

"दिन तो रोज जैसा ही है ललिता इसमें विशेष क्या है?"

"बहुत विशेष है ये दिन राधा। ये महाभारत के युद्ध के समाप्त होने का समाचार लेकर आया है, अब तो सम्भवतः तेरे कृष्ण का वहाँ रहने के लिये कोई कर्त्तव्य शेष नहीं रह गया होगा, क्योंकि इस युद्ध में तुम्हारे कृष्ण की बुआ कुन्ती के पुत्र पाण्डवों की जीत हो गयी है और इसके साथ ही उनके बुरे दिनों की समाप्ति भी।"

"सच?"

"हाँ सच।"

ललिता से मिला महाभारत के युद्ध में पाण्डवों की विजय का यह समाचार, राधा को बहुत अधिक प्रफुल्लित कर गया।

"ओह!" राधा ने सीने पर हाथ रखकर सन्तोष की साँस ली, फिर ललिता का

हाथ थाम कर बोलीं,

"चल यह समाचार औरों को भी देते हैं।"

"पर किसे? गोकुल और उसके आस-पास के क्षेत्र में तो ये सबको पता है।"

"अरे वहाँ उनको नहीं।"

"फिर?"

"मैं बताती हूँ।" कहकर राधा, ललिता का हाथ पकड़ कर कालिन्दी के पास पहुँचीं और नदी की ओर इंगित करके बोलीं

"ललिता मुझे पता है, इसे भी इस समाचार की बहुत प्रतीक्षा है।" और इसके बाद राधा ने बहुत उत्साह से हँसते हुये कहा,

"कालिन्दी, महाभारत का युद्ध समाप्त हो गया है और अब तुम्हारे कृष्ण को सम्भवतः और कोई युद्ध लड़ना शेष नहीं रहा होगा।"

इसके बाद वे ललिता का हाथ थामे थामे ही उस वृक्ष के पास पहुँचीं, जिसके नीचे कृष्ण ने अपने अँगूठे के रक्त से उनकी माँग भरी थी।

"मेरे विवाह के साक्षी।" उन्होंने उस पेड़ को सम्बोधित किया, "सुना तुमने, तुम्हारे कृष्ण के जीवन में चलने वाली युद्धों की श्रृंखला सम्भवतः इस महायुद्ध के बाद समाप्त हो गयी है।"

राधा के व्यवहार से ऐसा लग रहा था, जैसे स्वयं भले ही न नाच रही हों पर मन तो प्रसन्नता से नाच ही रहा है।

"राधे, बावरी हो गयी क्या?"

"क्यों? मैंने ऐसा भी क्या किया है?"

"ये नदी और वृक्ष से बातें।"

"वे जड़ नहीं हैं ललिता। उन्होंने इस प्रवास के मध्य लगातार मुझसे बातें की हैं। मुझे सान्त्वनायें दी हैं। मेरा साथ दिया है। ये आने वाले युगों युगों तक कृष्ण से मेरे विवाह के साक्षी रहने वाले हैं।"

"यह वृक्ष भी?"

"हाँ, यह भी। सच है कि ये निश्चित समय के बाद अपने इस रूप में नहीं रहेगा, किन्तु अपने बीजों द्वारा कितने ही नये रूपों में खड़ा होगा, फिर उनके बीजों द्वारा कुछ और नये रूपों में और फिर कुछ और नये रूपों में, यह मेरे विवाह का साक्षी बनकर खड़ा रहेगा।"

"सच है।"

"चिड़ियों का संगीत सुन रही है ललिता, कितना मधुर है।"

"हाँ।"

"और इन फूलों के चेहरों पर हँसी दिख रही है न।"

"हाँ।"

"और इस धीमी धीमी बहती हवा में कैसी भीनी भीनी महक है।"

"आगे मैं बताती हूँ, राधा। धरती आज हरियाली से कुछ अधिक ही भरी भरी लग रही है, आसमान भी कुछ कहता हुआ सा लग रहा है और हमारा आनन्द से झूम कर नाचने का मन हो रहा है, ठीक है न?" ललिता ने हँसकर कहा और स्वयं राधा भी इस पर मुक्त हो कर हँस पड़ीं।

"मुझसे परिहास कर रही है?" उन्होंने कहा।

"यह सत्य नहीं है क्या?"

"थोड़ा सही है और थोड़ा गलत।"

"इसमें गलत क्या है?"

"और सब तो सही है पर आनन्द से नाचने का मन तो उस दिन करेगा जिस दिन कृष्ण के वापस लौटने का समाचार आयेगा।"

हल्दी लगे पत्त नहीं थे
सिन्दूर की डिब्बी
हाथों में मेंहदी
पाँवों में महावर
कुछ भी तो नहीं था
चन्दनी सुगन्ध लिये
सपने तो फिर भी थे।

***

कुछ देर की इस चंचलता के बाद दोनों सखियाँ राधा की कुटी के सम्मुख एक वृक्ष के छाँव में बैठीं तो ललिता ने कहा,

"और पता है राधा, इस युद्ध में पाण्डवों की यह विजय भी तुम्हारे कृष्ण के कारण ही हुई है।"

"अच्छा! युद्ध में उनकी भूमिका भी थी?"

“हाँ, थी न। पाण्डवों में सबसे बड़े धनुर्धर अर्जुन अपने सामने, युद्ध के लिये खड़े अपने गुरू, दादा व अन्य निकट सम्बन्धियों को देख कर विचलित हो गये थे और युद्ध से विमुख हो रहे थे।

“अच्छा!”

“हाँ, और तब कृष्ण ने ही उन्हें वह अद्भुत ज्ञान दिया जिसे इस संसार का श्रेष्ठतम ज्ञान कह सकते हैं।”

“फिर?”

“अर्जुन युद्ध के लिये तैयार हो गये और फिर विजयश्री ने पाण्डवों का वरण किया।”

“तुझे वह ज्ञान पता है?”

“थोड़ा थोड़ा।”

“मैं वह पूर्ण वार्तालाप चाहती हूँ, मिल सकता है।”

“अयन का स्मरण है न जिसके पिता उग्रपत ने उसके लिये तुम्हारा हाथ माँगा था?”

अयन की चर्चा राधा को अच्छी नहीं लगी। उनका मुँह बन गया।

“मुँह मत बनाओ पहले पूरी बात सुन लो।”

“कहो।”

“उग्रपत महापण्डित हैं और सरल भी। उनके पास यह वार्ता अपने सम्पूर्ण रूप में अवश्य होगी। उनसे ला दूँगी।” ललिता ने कहा।

“ठीक है।”

“अच्छा, आज अब मैं चलूँ?”

“जा।”

ललिता उस समय तो उठ कर चली गयीं, अगले दिन आयीं तो,

“राधा, उनके पास वह वार्ता ग्रन्थ के रूप में तो नहीं थी किन्तु उन्हें उसकी जानकारी बहुत थी। जो उनसे समझ पायी वह बताती हूँ।” ललिता ने राधा से कहा और फिर जितना उन्हें स्मरण था सब कह डाला।

इस प्रकार योगेश्वर कृष्ण की वाणी राधा तक पहुँच गयी और ललिता उस वार्ता को जितना राधा को बता सकीं, उसका एक एक शब्द मानों राधा के मस्तिष्क में घर कर गया।

  राधा, कृष्ण और समय के पद चिन्ह

21. ये स्वरूप भी

कालयवन भी मारा जा चुका था, ओर जरासन्ध भी, किन्तु मथुरा के यदुवंशियों से शत्रुता रखने वालों की कमी नहीं हुई थी और ऐसे में कृष्ण के माता-पिता देवकी और वसुदेव के जीवन को भी खतरा तो था ही। महाभारत का युद्ध समाप्त हो चुका था और बचपन से आज तक बराबर किसी न किसी लड़ाई या युद्ध में जूझते जूझते कृष्ण भी अब कुछ शान्ति चाहने लगे थे।

शान्ति की इच्छा लिये कृष्ण ने मथुरा और हस्तिनापुर से बहुत दूर भारत के पश्चिमी समुद्र तट पर एक नया नगर यदुवंशियों और दूसरे शान्तिप्रिय लोगों के लिये बनाने का विचार किया और उस समय के सर्वश्रेष्ठ शिल्पकार विश्वकर्मा के सहयोग से यह कार्य शीघ्र ही पूर्ण हो गया।

कृष्ण इसके बाद देवकी, वसुदेव, रुक्मिणी व अपनी अन्य पत्नियों के साथ द्वारिका रहने चले गये। उनके इस प्रस्थान के साथ ही, वे सभी लोग जिनके हित के लिये उन्होंने यह नगर बसाया था, वे भी जाकर द्वारिका में बस गये। कृष्ण अपने पूरे परिवार के साथ द्वारिका आ तो गये थे, पर मन में कहीं राधा से इतनी अधिक दूर आने की पीड़ा भी थी। उस समय राजपुरुषों के कई कई विवाह हुआ करते थे, जिनमें कामान्धता नहीं अपितु राजनीतिक या परिस्थितिजन्य कुछ अन्य कारण हुआ करते थे।

कुछ इन्हीं कारणों से कृष्ण की भी आठ रानियाँ थीं। वे थीं रुक्मिणी, जामवन्ती, सत्यभामा, कालिन्दी, मित्रबिन्दा, सत्या, भद्रा और लक्ष्मणा। रुक्मिणी और राधा दोनों ही विष्णु-प्रिया लक्ष्मी का स्वरूप कही जाति हैं। सम्भवतः इसीलिये कृष्ण की अन्य रानियों की भाँति रुक्मिणी के मन में राधा के प्रति किसी ईर्ष्या का नहीं, सहानुभूति का भाव था और कृष्ण के मनोभावों को पढ़ने में भी वे बहुत कुशल थीं।

द्वारिका में पहुँचकर कृष्ण राज्य के और अपने परिवार के सभी दायित्वों

को निभा भी रहे थे, हँसते मुस्कराते भी थे, किन्तु बहुधा समय पाकर अकेले ही समुद्र की ओर निकल जाते थे और वहाँ बैठकर दूर क्षितिज पर मिलते समुद्र और आसमान को देखा करते थे और बस इसी बात से रुक्मिणी ने जान लिया कि उनके मन में कुछ पीड़ा है।

'पर कृष्ण जो हर बात में समर्थ हैं और जिन्होंने महाभारत के युद्ध के समय स्वयं अर्जुन को हर स्थिति में निर्विकार भाव से करने योग्य कर्म करते रहने की शिक्षा दी है, उनके मन में किस बात की पीड़ा हो सकती है'....रुक्मिणी के मन में प्रश्न उठा और फिर जैसे काले बादलों के आकाश में एकाएक बिजली कौंध जाये ऐसे ही उनके मन में राधा का नाम कौंध गया।

वे समझ गयीं कि कृष्ण के मन में यदि कोई पीड़ा है, तो वह राधा से बहुत दूर आ जाने की पीड़ा ही हो सकती है और एक दिन उन्होंने कृष्ण से पूछ ही लिया,

"आप सबको लाये, किन्तु अपने पालक माता-पिता यशोदा और नन्द को वहीं छोड़ आये, क्यों?"

"क्योंकि वे उस स्थान को नहीं छोड़ना चाहते थे। कई बार ऐसा होता है न, कि कोई जिस स्थान पर अपने जीवन का अधिकांश भाग जीता है उसके अनुसार ही ढल जाता है और उसे वहीं आराम मिलता है।"

"और राधा?" रुक्मिणी ने पूछा।

सच तो यह है कि वे राधा के सम्बन्ध में ही कृष्ण से पूछना चाहती थीं, किन्तु यह प्रश्न वे कृष्ण के सम्मुख सीधे रखने से बचना भी चाहती थीं।

"हाँ राधा।" कृष्ण ने कहा और इसके साथ ही उनकी आवाज कुछ धीमी और भारी सी हो गयी और बहुत कुछ अनकहा भी कह गयी।

"गोकुल से आने के बाद आपने कभी उनकी सुधि क्यों नहीं ली?"

"इतने तीखे सवाल क्यों कर रही हो रुक्मिणी?"

"तीखे सवाल नहीं, आपकी पीड़ा को समझने का प्रयास कर रही हूँ। कभी कभी जब औषधियाँ काम नहीं कर पातीं तो शल्य-चिकित्सा का सहारा भी तो लेना पड़ता है न।"

"करो शल्य-चिकित्सा, पर यह भी सोचना कि राधा पर मेरा अधिकार ही क्या था? मेरे आलोचकों और शत्रुओं की कमी नहीं है। यदि मैं वापस राधा से मिलने जाता या उन्हें भी यहाँ लाने का प्रयास करता तो यही लोग हम दोनों पर क्या क्या लांछन नहीं लगाते।"

"अपने ऊपर लगने वाले लांछनों की कल्पना से आप भयभीत हो गये थे क्या?"

राधा, कृष्ण और समय के पद चिन्ह

"नहीं, अपने ऊपर लगने वाले लांछनों की कल्पना से नहीं, किन्तु इससे राधा की प्रतिष्ठा को जो आघात लगता, वह मैं सहन नहीं कर पाता।"

"अच्छा, अभी आपने कहा कि राधा पर आपका अधिकार ही क्या था?"

"हाँ, कहा था।"

"किसी पुरुष को किसी स्त्री पर, या किसी स्त्री को किसी पुरुष पर अधिकार कैसे मिलता है, मुरलीधर?"

"समाज की दृष्टि में यह अधिकार विवाह से प्राप्त होता है।" कृष्ण ने कहा, किन्तु यह कहने के साथ ही कालिन्दी के किनारे का वो दृश्य जिनमें उन्होंने अपने अँगूठे के रक्त से राधा की माँग भरी थी आँखों के आगे साकार हो उठा।

"और आपका राधा से कोई विवाह तो कभी हुआ ही नहीं था।"

"नहीं, रुक्मिणी रुको," कृष्ण ने कहा, फिर उन्होंने कालिन्दी के तट पर घटी घटना विस्तार से रुक्मिणी से कह डाली और इसके साथ ही उन्हें अपने सीने में बहुत हलकापन सा लगा।

रुक्मिणी ने यह सब कुछ धैर्यपूर्वक सुना।

"तुम्हें बुरा लगा होगा?" कृष्ण ने पूछा

"नहीं, इसमें कुछ भी ऐसा नहीं है, बचपन की बात है, किन्तु राधा इसे सच मान रही हैं। उनके लिये ये जीवन-मरण का प्रश्न बना हुआ है तो फिर आप इससे माल खेल कैसे समझ सकते हैं।"

"नहीं मैं भी इसे खेल नहीं समझ रहा हूँ, रुक्मिणी। यदि मैं इसे खेल समझ रहा होता तो मन में इतनी पीडा नहीं होती।"

"सच कहते हैं।"

* * *

हस्तिनापुर से कृष्ण के द्वारिका चले जाने का समाचार ने गोकुल में कृष्ण की प्रतीक्षा कर रहे लोगों को बहुत निराश कर गया था। इस समाचार ने राधा की माँ कीर्तिदा को भी बहुत विचलित कर दिया था।.... 'जो मथुरा से नहीं लौटा, हस्तिनापुर से नहीं लौटा वह द्वारिका जैसे दूर के स्थान से क्या लौटेगा'....कीर्तिदा के मन में आया। वे चाहती थीं कि राधा के पास जाकर उन्हें समझायें कि अपने जीवन को इस तरह विरह की अग्नि में होम करना समाप्त करें और जंगल छोड़कर घर में चलकर रहें, कृष्ण अब नहीं लौटने वाले, किन्तु इतना अप्रिय समाचार राधा से कहने

का साहस वे नहीं जुटा सकीं।

और फिर इस अप्रिय समाचार को भी राधा तक पहुँचाने का कार्य-भार भी ललिता पर ही आ पड़ा। ललिता जब राधा के पास पहुँचीं, तब राधा चुपचाप अपनी कुटी के बाहर बैठी हुई थीं। ललिता उनके पास पहुँची और खड़े खड़े ही उनके मुख की ओर देखने लगीं।....'मैं कितनी हतभाग्य हूँ जो ऐसा समाचार लेकर यहाँ आई हूँ....अभी इस समाचार के साथ ही यह फूल सा खिला मुख मुरझा जायेगा'....सोचते हुये वे खड़ी रह गयीं।

"क्या हुआ ललिता, खड़ी क्यों है? बैठती क्यों नहीं?" राधा ने कहा।

"हाँ, बैठती हूँ।" ललिता ने कहा और राधा के पास ही घास पर बैठ गयीं।

"मुख उतरा हुआ है कोई अप्रिय समाचार लेकर आई है क्या?"

"कृष्ण ने समुद्र के किनारे, द्वारिका नाम के एक नगर का निर्माण किया है जानती है न?"

"हाँ।"

"वे अपने परिजनों के साथ वहीं चले गये हैं।"

राधा इस पर ललिता के अपेक्षा के प्रतिकूल हँस पड़ीं।

"अरे तुम इस बात पर हँस क्यों रही हो।"

"अरे अच्छी बात है न। इतना जीवन संघर्ष करते बीत गया। कुछ दिन शान्ति से रहने की इच्छा सभी की होती है, उनकी भी रही होगी।"

"पर यह तो सोच कि अब इतनी दूर से वे क्या कभी यहाँ आयेंगे।"

"क्यों आयेंगे?"

"क्या कह रही हो?" ललिता ने राधा की इस बात पर आश्चर्य से कहा।

"यही कि बिना काम अब वे यहाँ क्यों आयेंगे। उनका अपना बसाया नगर है, समुद्र का किनारा है और सभी परिजन पास ही हैं।"

"और तुम जो उनसे मिलने की आशा में यहाँ इस जंगल में तपस्विनी बनी बैठी हो, उसका क्या?"

"मैं यहाँ अपनी इच्छा से बैठी हूँ। उन्होंने तो इस के लिये कहा नहीं था।" राधा ने कहा।

"हूँ....,यह भी ठीक ही है।" कहते हुये ललिता ने अपने दोनों ओंठों को आपस में दबा कर एक गहरी साँस ली।

"ऐसे ओंठ दबाकर गहरी साँस क्यों ले रही है ललिता। मैं उनकी हूँ भी कौन? एक दिवास्वप्न की ब्याहता, और वह स्वप्न भी मैंने देखा था उन्होंने नहीं।"

     राधा, कृष्ण और समय के पद चिन्ह

"और जो उन्होंने मेरे सामने अपने अँगूठे के रक्त से तुम्हारी माँग भरी थी वह? वह तो कोई स्वप्न नहीं था।"

"माँग तो सिन्दूर से भरी जाती है और वहाँ सिन्दूर था ही कहाँ?"

ललिता जब ये समाचार लेकर राधा तक आयी थीं तब उन्हें लग रहा था कि सम्भवतः राधा इसे सुनकर रो पड़ेंगी, बहुत विचलित हो जायेंगी। उनके मन में यह भी प्रश्न था कि तब वे उन्हें कैसे समझायेंगी, सांत्वना देंगी, कैसे सँभालेंगी पर यहाँ तो राधा ने इस समाचार को बहुत ही सहज ढंग से स्वीकार कर लिया था। राधा के इस व्यवहार पर ललिता आश्चर्य से भर उठीं।

"राधा तुम ठीक तो हो?" उन्होंने चिन्तित स्वर में राधा से पूछा।

"क्यों? मैंने कहीं कुछ गलत कहा क्या?"

"नहीं, गलत तो नहीं, पर....।"

"पर क्या?"

"पर आज कुछ अलग सा अवश्य कहा है।"

"हो सकता है, पर पहले वह ज्ञान कहाँ था जो कृष्ण ने अर्जुन को महाभारत के युद्ध के समय दिया था।"

"उसमें तो बहुत कुछ था, बहुत कुछ पर तुमने उससे क्या ले लिया है राधा।"

"कृष्ण ने अर्जुन से कहा था न,

बन्धुरात्मात्मनस्तस्य येनात्मैवात्मना जितः।

अनात्मनस्तु शत्रुत्वे वर्तेतात्मैव शत्रुवत॥

(जिस जीवात्मा द्वारा मन और इन्द्रियाँ जीती हुई हैं उस जीवात्मा का तो वह आप ही मित्र है और जिसके द्वारा मन तथा इन्द्रियों सहित शरीर नहीं जीता गया है, उसके लिये वह आप ही शत्रु के सदृश शत्रुता में बर्तता है।)

श्रीमद्भगवद गीता अध्याय 6, श्लोक6

ललिता राधा से यह सुनकर एक बार पुनः विस्मय से भर उठीं।

"अरे, तुमने तो उसे जीवन में ही उतार लिया लगता है, राधा।"

इस पर राधा धीरे से हँसीं, बोलीं,

"उसे जीवन में उतारना इतना आसान है क्या?"

"पर प्रयास करने से तो कुछ भी हो सकता है।"

"वही तो कर रही हूँ ललिता और रही कुछ अलग करने की बात तो क्या करूँ, मेरे जीवन में हर नया दिन, पिछले दिन से कुछ अलग ही तो हो रहा है।"

"तो फिर इस जंगल में रहना छोड़ो। घर चलो, सबके साथ तुम भी रहो और आने वाले कल का दिन, इस आज से अलग होने दो न।"

ललिता की इस बात पर राधा गम्भीर हो गयीं और मौन भी।

"बोलो राधा," ललिता ने फिर कहा।

"ललिता यहाँ से वापसी के मार्ग तो अब बन्द हो चुके हैं।"

"अर्थात?"

"कृष्ण से मिलते हुए यहाँ से अब अन्तिम प्रयाण की ओर ही जाना है।"

"कृष्ण से मिलने की आशा अभी भी शेष है?"

"नहीं, आशा नहीं विश्वास है। उससे बिना मिले मैं यह देह छोड़ ही नहीं पाऊँगी।"

राधा के मुख से ये शब्द सुनकर ललिता विस्मित हुई और स्तब्ध सी रह गयीं।

"क्या सोच रही हो ललिते?"

"सोच रही हूँ, इतना पीड़ादायक समाचार भी तुमने कितनी सहजता से ले लिया है।"

"हुँ...ह....।" राधा धीरे से हँसीं, "तू सम्भवतः सोचती रही होगी कि मैं यह समाचार सुनकर बहुत विचलित हो जाऊँगी और हो सकता है रो भी पड़ूँ।"

"हाँ, और उससे मुझे तनिक भी आश्चर्य नहीं होता।"

"आश्चर्य अभी भी नहीं होना चाहिये था।"

"क्यों?"

"ये चारों ओर फैली हरियाली देखती है?"

"हाँ।"

"ये तो शान्ति का रंग हैं न?"

"हाँ।"

"तो इतने दिनों तक इस के साथ रहने पर भी शान्ति न आये फिर तो यहाँ रहना व्यर्थ ही हुआ न?"

ललिता आश्चर्य से यह सब सुन रही थीं।

"और फिर स्वयं कृष्ण का रंग भी इस आसमान जैसा ही तो है।"

"जो तुम कहो।"

“और उनके मस्तक पर हर समय रहते मोरपंख का भी रंग नीला और हरा ही तो है।”

“हाँ।”

“और बाँसुरी जो वे हर समय लिये रहते हैं वह भी हरे बाँस से ही तो बनी है।”

“हाँ, वह भी।”

“और वे सदैव पीताम्बर ही धारण किये रहते हैं न ।”

“हाँ।”

“तो मेरे तो चारों ओर, और हृदय में भी ये पीले, हरे और नीले रंग ही तो बसे हुए हैं ललिता और ये तो शान्ति और वैराग्य के रंग कहे जाते हैं न।”

ललिता ने एक गहरी साँस लेते हुए कहा “हूँ...।”

भावनायें सो गयी हैं
और मन में शून्य सा
कुछ हो गया है
पर कहानी की
अभी ये इति नहीं है

❋

22. सूर्य ग्रहण पर

कृष्ण के साथ हुई उस दिन की वार्ता के बाद रुक्मिणी को कृष्ण की पीड़ा तो समझ में आ चुकी थी और यह सचमुच वही थी जिसका उन्हें सन्देह था। रुक्मिणी उनकी इस पीड़ा को कम करने का उपाय सोचने लगीं।

कहते हैं कि आप जब कोई अच्छा कार्य करने का निश्चय कर ही लेते हैं, तो ईश्वर इसके लिये मार्ग भी निकाल देता है।....'यदि कोई वृहद् आयोजन किया जाय और उसमें गोकुल के सभी लोगों को आमंत्रित किया जाय तो एक तो उन लोगों को लगेगा कि कृष्ण उन्हें भूले नहीं हैं और दूसरी बड़ी बात यह कि उस आयोजन में अपने माता-पिता के साथ राधा भी आ सकती हैं। आगे ईश्वर की इच्छा'....रुक्मिणी के मन में आया।

कृष्ण, अपने बड़े भाई बलराम का बहुत अधिक सम्मान करते थे और उनकी कोई बात टालते नहीं थे। रुक्मिणी ने किसी विशाल आयोजन का यह विचार पहले बलराम के सम्मुख रखने की बात सोची। इसमें उन्हें यह भी लगा कि वे अपने छोटे भाई की पत्नी की एक साधारण सी बात टालेंगे नहीं, जब कि कृष्ण से कहने पर वे इसमें छिपे हुए उनके मंतव्य को सहज ही समझ जायेंगे ओर फिर पीड़ा से भरा हुआ उनका मन क्या निर्णय लेगा पता नहीं।

अवसर देखकर रुक्मिणी ने बलराम के सम्मुख अपनी बात रखी।

"हाँ, ठीक तो है। बहुत दिनों से घर में कोई विशेष आयोजन हुआ भी नहीं है।" बलराम ने रुक्मिणी की बात पर कहा।

"तो यह आयोजन कब रखेंगे। शीघ्र ही हो तो अच्छा रहेगा न?"

"हाँ, शीघ्र ही होगा। देखो कुछ ही दिनों बाद पूर्ण सूर्यग्रहण पड़ने वाला है। इसी अवसर पर एक विशाल यज्ञ का आयोजन करते हैं।"

"जी।" कहकर रुक्मिणी वहाँ से हट गयीं। उनका कार्य हो चुका था।

इसके कुछ ही दिनों बाद ही रुक्मिणी को पता लगा कि यह आयोजन अति

विशाल स्तर पर कुरुक्षेत्र में समन्त-पञ्चक नामक स्थान में होगा और इसमें मथुरा और गोकुल के सभी लोगों को आमंत्रित किया जायेगा । यह रुक्मिणी के लिये बिना माँगे ही सब कुछ मिल जाने जैसा था ।

* * *

समन्त-पञ्चक के यज्ञ में सम्मिलित होने का द्वारिका का आमंत्रण गोकुल तक पहुँचा तो गोकुल-वासियों को यह एक उत्सव में सम्मिलित होने और कृष्ण से एक बार और मिलने की सम्भावना के कारण, बहुत सौभाग्य जैसा लगा ।

उत्सव में जाने की तैयारियों के कारण गोकुल में एक विशेष हलचल सी दृष्टिगोचर होने लगी । ललिता यह समाचार मिलते ही कालिन्दी वन में राधा को बताने के लिये चल पड़ीं । मार्ग में उन्हें बराबर एक रथ के पहियों के गुजरने के चिन्ह मिलते रहे ।....'रथ पर चढ़कर यहाँ कौन आया होगा'....सोचते हुये ललिता, राधा की कुटी के पास तक पहुँच गयीं, तो देखा, रथ पर उनके माता, पिता कीर्तिदा और वृषभानु आये हुये थे ।

"आप ।" कहते हुए ललिता ने उन्हें प्रणाम किया और बदले में 'जीती रहो, प्रसन्न रहो' का आशीर्वाद मिला ।

"राधा को बताया ?" उन्होंने एक सहज प्रश्न कीर्तिदा से किया ।

"हाँ, उसे लेने ही तो आये हैं ।"

"तो, वह सहमत हो गयी ?"

"हमारी बात उसने सुनी तो, पर कोई उत्तर नहीं दिया चुप हो गयी है । अच्छा हुआ तुम आ गयीं । अब तुम प्रयास करके देखो । पक्की सखी हो मुझे लगता है तुम्हारी बात अवश्य मान लेगी ।" कीर्तिदा ने कहा ।

ललिता राधा के पास गयीं । राधा भूमि पर चुपचाप बैठी हुई थीं । ललिता ने झुककर राधा का हाथ थामा और कहा,

"राधा उठो ।"

राधा उठकर खड़ी हो गयी ।

"आओ चलें ।"

"कहाँ ?"

"हमारे साथ ।"

"लेकिन कहाँ ?"

डॉ. अशोक शर्मा**131**

"कुरुक्षेत्र में समन्त-पञ्चक में इस पूर्ण सूर्यग्रहण पर कृष्ण और बलराम के द्वारा एक विशाल यज्ञ का आयोजन हो रहा है हम सब वहीं चल रहे हैं।"

"मेरा भी जाना भी आवश्यक है क्या?"

"इस अवसर पर इतने विशाल यज्ञ का भाग बनने और उसमें आहुति डालने का अवसर भाग्य से ही मिलता है राधा, और फिर तुम नहीं जाओगी तो मैं भी नहीं जाऊँगी।"

"और हम दोनों भी नहीं जायेंगे।" कीर्तिदा ने अपनी और वृषभानु की ओर इंगित करते हुए कहा।

राधा यह सुन कर कुछ पलों के लिये मौन रह गयीं, फिर बोलीं

"यह आमंत्रण देने कौन आया था?"

ललिता राधा के इस प्रश्न में, छिपा हुआ प्रश्न भी समझ गयीं।

"स्वयं कृष्ण का दूत आया था। स्वाभाविक है उन्हें इतने प्रबन्ध करने होंगे, सब कुछ देखना होगा, अतः इस अवसर पर वे स्वयं कहाँ से आ पाते?"

"हूँ....।" राधा का ये 'हूँ' बहुत लम्बा था।

"ये हूँ....मत कर, चल।" ललिता ने राधा का हाथ पकड़कर खींचा।

"चलती हूँ बस कुछ पल रुक।" कहकर राधा अपनी कुटी के भीतर गयीं और कुटी का द्वार भीतर से भिड़ा लिया।

"सम्भवतः राधा चलने के पूर्व कुछ देर का एकान्त चाहती होंगी।" ललिता ने कीर्तिदा से कहा।

"हाँ, सम्भवतः यही होगा।"

कुछ देर होने लगी तो बाहर खड़े लोग चिन्तित होने लगे। ललिता ने आवाज दी,

"राधा।"

"आ रही हूँ, बस थोड़ा और ठहर।" भीतर से राधा का स्वर आया और फिर कुछ देर बाद राधा बाहर आयीं तो उनके हाथ में अपने किसी वस्त्र से फाड़े हुये कपड़े का एक छोटा सा नया सिला हुआ थैला था।

"इसमें क्या है? ललिता ने राधा के बहुत पास आकर धीरे से पूछा।

"कुछ नहीं, बस ऐसे ही।" राधा ने उत्तर दिया फिर माँ की ओर मुख करके बोलीं,

"चलें।"

***

राधा भाण्डीर वन से वापस आयीं, तो सबसे अधिक प्रसन्न होने वालों में थे, यशोदा और नन्द। यशोदा ने उन्हें देखते ही बहुत आत्मीयता से हाथ पकड़कर उन्हें अपने पास खींच लिया और प्रेम से उनका सिर सहलाने लगीं। थोड़ी देर बाद रथों का काफिला गोकुल से कुरुक्षेत्र की ओर चल पड़ा। पूरा गोकुल क्षेत्र ही मानो खाली हो गया था। राधा, अपने माता-पिता के साथ रथ में बैठीं, तो आग्रह करके उन्होंने ललिता को भी अपने साथ ही बिठा लिया। मार्ग में राधा बराबर बहुत गम्भीर दिखाई दे रही थीं।

"इतना गम्भीर क्यों हो राधा, कृष्ण से मिलने की प्रसन्नता नहीं है क्या?" ललिता ने धीरे से राधा से पूछा।

"नहीं, गम्भीर नहीं हूँ और हाँ कृष्ण से मिलने की प्रसन्नता भी बहुत अधिक है।"

"फिर कुछ सोच रही हो क्या?"

"हाँ, वैसे ही मन में आ रहा है कि ईश्वर से कहूँ कि हे ईश्वर अब इस यात्रा के बाद और कोई यात्रा न करनी पड़े।"

"अरे, इसके बाद वहीं रह जाने की बात सोच ली है क्या?"

"नहीं ईश्वर से प्रार्थना कर रही हूँ, कि वे इस महान यज्ञ में मेरी आहुति स्वीकार करें।"

"इसका अर्थ?"

राधा इसके उत्तर में मौन रह गयीं। सारे रथ चलते चलते एक तालाब के पास कुछ विश्राम के लिये रुके। यहाँ सभी ने अपने अपने साथ लाया भोजन ग्रहण किया और उसके बाद जब सभी चलने के लिये अपने अपने रथों की ओर बढ़ने लगे, तभी यशोदा, राधा के पास आयीं। उनका हाथ थामा और कीर्तिदा से बोलीं,

"मैं चाहती थी राधा अब कुछ देर हमारे पास बैठे। ले जाऊँ?"

"वह आपकी ही बेटी है।" कीर्तिदा ने कहा।

यशोदा बहुत स्नेह से राधा को अपने साथ अपने रथ तक ले आयीं।....'देवकी और वसुदेव न सही, पर जाते जाते कुछ देर कृष्ण के पालक माता पिता के साथ तो रह ही लूँ, यह भी ईश्वर की ही इच्छा होगी'....सोचते हुए राधा, यशोदा के साथ आकर रथ में उनके साथ ही बैठ गयीं। राधा के उस रथ पर बैठने के पश्चात ललिता भी कीर्तिदा से अनुमति लेकर अपनी सहेलियों के झुण्ड वाले रथ पर जाकर बैठ गयीं।

* * *

23. उस ओर

रथों के आने की सूचना पर बलराम और कृष्ण और कुछ अन्य गणमान्य व्यक्ति उनके स्वागत के लिये आ गये। गोकुल से रथ आने की सूचना पर रुक्मिणी भी कृष्ण के साथ हो लीं थीं। आगे के दो रथों पर यशोदा, नन्द, राधा और कीर्तिदा, तथा वृषभानु थे। बलराम ने कृष्ण से कहा,

"इन्हें तुम सँभालो कृष्ण, मैं अन्य लोगों के स्वागत में लगता हूँ।"

राधा ने दूर से ही कृष्ण को देख लिया था और कृष्ण ने राधा को। पास आने पर दोनों के नेत्र मिले और फिर राधा के नेत्रों में कितने उलाहने और पीड़ायें थीं, और कृष्ण के नेत्रों में कितनी क्षमा प्रार्थनायें, यह बताने की सामर्थ्य किसी भी कवि या लेखक की लेखनी में नहीं हो सकती, फिर मैं तो बहुत ही साधारण व्यक्ति हूँ, किन्तु रुक्मिणी ने मानो दोनों के नेत्रों को पढ़ लिया था। उन्होंने आगे बढ़कर अभिवादन में हाथ जोड़ने के साथ ही राधा से कहा,

"मैं रुक्मिणी।"

राधा ने मुस्कराते हुये रुक्मिणी के अभिवादन का उत्तर दिया और बोली,

"मैं समझ गयी थी।"

इसके बाद कृष्ण ने रुक्मिणी की ओर मुड़कर कहना चाहा कि रुक्मिणी 'ये राधा हैं,' किन्तु वे कुछ कह पाते इसके पूर्व ही रुक्मिणी बोल उठीं,

"बस बस, इनका परिचय देने की आवश्यकता नहीं है, इनके मुख की आभा स्वयं ही इनका परिचय दे रही है।"

रुक्मिणी और कृष्ण आये हुये अतिथियों को भीतर ले गये। यज्ञ स्थल में स्थान-स्थान पर आये हुए लोगों के लिये समस्त सुविधाओं से युक्त छोटे छोटे अनेक शिविर बनाये गये थे। ऐसे ही एक शिविर में उन्हें ठहराया गया।

इस बीच रुक्मिणी और कृष्ण ने देखा, राधा के हाथ में एक छोटा सा थैला था

          राधा, कृष्ण और समय के पद चिन्ह

जिसे वे बराबर अपने हाथ में लिये रहीं, और एक सहज प्रश्न दोनों के मन में उठा कि पता नहीं इस थैले में क्या होगा।

दूसरे दिन ही पूर्ण सूर्यग्रहण था। यज्ञ प्रारम्भ होने के बाद यजमान आते गये और यज्ञ में आहुतियाँ दे देकर हटते गये। कुछ ही देर बाद रुक्मिणी हवन-कुण्ड के पास राधा को ले आयीं। रुक्मिणी ने देखा, वह छोटा थैला अभी भी राधा के हाथ में था और जब वे यज्ञ के हवन कुण्ड में आहुति डालने के लिये बैठीं, तो उन्होंने वह थैला अपनी गोद में रख लिया। आहुतियाँ देने के बाद राधा उठकर खड़ी हुयीं। अग्नि की ओर हाथ जोड़े....'हे ईश्वर मेरी आहुतियों को स्वीकार करना'....उन्होंने मन ही मन कहा और वहाँ से हट कर खड़ी हो गयीं।

कृष्ण अपने कार्यों में लगे लगे भी राधा पर दृष्टि रखे हुये थे। सम्भवतः उन्हें किसी अनहोनी की आशंका थी। उन्होंने यज्ञ-कुण्ड से हटकर खड़ी राधा की ओर देखा। लगा जैसे वे किसी सोच में डूबी हुई हैं। कुछ ही क्षण बाद राधा वहाँ से चल दीं और धीरे धीरे चलते हुये चुपचाप समारोह स्थल से बाहर आ गयीं। यह देखकर कृष्ण भी चुपचाप उनके पीछे चल पड़े। रुक्मिणी ने यह देखा, किन्तु बोलीं कुछ नहीं।

बाहर निकलने के बाद राधा और कृष्ण साथ हो लिये और कुछ दूर चलने के बाद एक उचित स्थान देखकर कुछ देर के लिये बैठ गये। उन्होंने, उस कुछ ही देर में बहुत सी बातें कर डालीं। जिनमें कुछ बातें मुख से कही और कानों से सुनी गयी थीं और कुछ हृदय से कही और हृदय से ही सुनी भी गयी थीं। बातों का क्रम सम्भवतः अन्तहीन होता, पर राधा ने उसकी इति की, फिर उठीं कृष्ण से विदा ली और कुछ दूर जा कर वृक्षों के एक कुञ्ज के पीछे चली गयीं। कृष्ण चुपचाप उन्हें देख रहे थे, किन्तु वृक्षों के उस कुञ्ज के पीछे जाने के बाद राधा का दिखाई देना बन्द हो गया और कुछ देर बाद ही वहाँ से प्रकाश का एक पुञ्ज सा उठा और आकाश में विलीन हो गया।

कृष्ण समझ गये कि राधा जा चुकी हैं।

अब वे उठे और उस कुञ्ज तक गये। राधा नहीं थीं पर वह छोटा सा थैला जो राधा बराबर अपने साथ लिये हुए थीं, वहाँ एक पेड़ की डाल पर रखा हुआ था। कृष्ण ने वह थैला उठाया, और खोला। उसके अन्दर बहुत ढंग से तह किया हुआ एक वस्त्र था। कृष्ण ने बहुत धीरे से उसे खोला। वस्त्र पर उनका ही चित्र बना हुआ था। कृष्ण की आँखें भर आयीं और दृष्टि कुछ पलों के लिये उस चित्र पर ठहर गयी।

कुछ ही पलों में उन्हें लगने लगा, जैसे यह उनका चित्र नहीं राधा का चित्र है वे उसे निहारते रहे। कुछ और पलों बाद चित्र में जो नीचे लिखा था, उसे पढ़ने लगे,.....'किसी के लिये तुम एक व्यक्ति हो सकते हो पर मेरे लिये सारा संसार

तुम्हीं हो....और मेरे इस संसार का प्रारम्भ भी तुम और अन्त भी तुम्हीं हो....भोर में उठने पर प्रथम विचार भी तुम्हीं हो और रात्रि में नींद के आने से पूर्व का अन्तिम विचार भी'....।

कृष्ण को लगा जैसे चित्र में दिखाई पड़ने वाली राधा सजीव होकर उनसे यह कह रही हैं। हमेशा और हर परिस्थिति में दृढ़ रहने वाले कृष्ण को जीवन में प्रथम बार अपने नेत्रों में जल उमड़ने का अनुभव हुआ। वे उस चित्र की सजीव हो उठी राधा का को देख ही रहे थे कि अचानक उनके पास एक हवा का गोल गोल घूमता हुआ बवण्डर सा आया और उस वस्त्र को कृष्ण के हाथों की ढीली पकड़ से छुड़ा कर उड़ा ले गया।

कृष्ण कुछ देर तक उसे उड़ता हुआ देखते रहे और जब वह आँखों से ओझल हो गया तो वापस हो लिये।

***

यज्ञ-स्थल पर रुक्मिणी, राधा और कृष्ण की प्रतीक्षा कर रही थीं।

काफी देर की प्रतीक्षा के बाद उन्होंने कृष्ण को अकेले ही वापस आते, देखा। उनके मुख पर उदासी थी और कदम बहुत धीमे। रुक्मिणी ने उस समय उनसे कुछ भी नहीं पूछा। दोनों की रात्रि अन्तहीन विचारों और अपनी अपनी चिन्ताओं में करवटें बदलते बीत गयी। भोर हुई तो दोनों लोग उठे। कृष्ण उठकर टहलते हुये बाहर आये तो रुक्मिणी भी आ गयीं। दोनों ने एक दूसरे की ओर देखा। नेत्र मिले तो रुक्मिणी ने प्रश्न की तरह कृष्ण से कहा,

"राधा?"

कृष्ण ने इस प्रश्न को समझा और फिर जितना छोटा रुक्मिणी का प्रश्न था उतना ही छोटा उनका उत्तर भी। कृष्ण ने दृष्टि आसमान की ओर की और बोले

"गयीं।"

उपवनों से चली हुई मनमयी*

सूनी पगडण्डियों पर

छोड़ती पदचिन्ह

और तपती भूमि से होती हुई

---

* मनमयी श्रीराधा का एक नाम भी है जिसका शब्दार्थ प्रेरणा या प्रतिभा भी होता है।

आ गयी फिर
श्यामली सी छाँव में
यात्रा की इति हुई अब

9 789390 944873